少年陰陽師

しょうねん　おんみょうじ

少年陰陽師 貳拾柒

狂風之劍

嵐の剣を吹き降ろせ

結城光流—著 涂愫芸—譯

重要人物介紹

藤原彰子

左大臣藤原道長家的大千金，擁有強大靈力。基於某些因素，半永久性地寄住在安倍家。

小怪

昌浩的最好搭檔，長相可愛，嘴巴卻很毒，態度也很高傲，面臨危機時便會展露出神將本色。

安倍昌浩

十四歲的菜鳥陰陽師，父親是安倍吉昌，母親是露樹，最討厭的話是「那個晴明的孫子」。

六合

十二神將之一的木將，個性沉默寡言。

紅蓮

十二神將的火將騰蛇，化身成小怪跟著昌浩。

爺爺(安倍晴明)

大陰陽師。會用離魂術回到二十多歲的模樣。

朱雀

十二神將之一的火將，使的是柔和的火焰。與天一是戀人。

天一

十二神將之一的土將，是絕世美女，朱雀暱稱她「天貴」。

勾陣

十二神將之一的土將，通天力量僅次於紅蓮，也是個兇將。

太陰

十二神將之一的風將，擅使龍捲風，個性和嘴巴都很好強。

玄武

十二神將之一的水將，個性沉著、冷靜，聲音高亢，外型像小孩子。

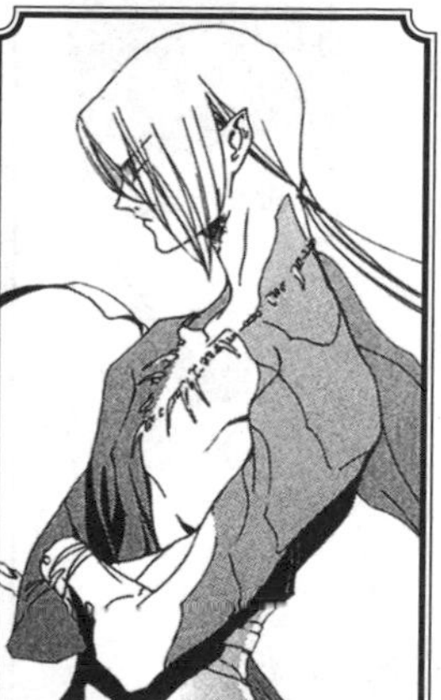

青龍

十二神將之一的木將，從很久以前就敵視紅蓮。他有另一個名字「宵藍」。

天后

十二神將之一的水將，個性溫柔，但有潔癖，厭惡不正當的行為。

白虎

十二神將之一的風將，外表精悍。很會教訓人，太陰最怕他。

風音

道反大神的愛女。以前她曾想殺了晴明，現在則竭盡全力幫助昌浩。

藤原行成

右大弁兼藏人頭，受皇上信賴。他是昌浩的加冠人，與成親是好友。

藤原敏次

陰陽生，在陰陽寮裡是昌浩的前輩，個性認真，做事嚴謹。

天空

十二神將之一的土將，是十二神將的首領，雖然眼盲，但內心澄明。

一次就好。

我想再飛上那片天空——

1

看見了星星。

「啊……好美……」

昌浩這麼喃喃自語，著迷地看了好一會。

回想起來，最近好像都沒有時間這樣悠閒地眺望星空。

總是忙得團團轉，就算有停下來的時候，也沒有心情仰望天空。

不對，慢著。

沒有心情仰望天空？

昌浩眨了眨眼睛。

「……咦？」

手指一使力，就摸到了冰冰涼涼的東西，由觸感來判斷，應該是泥土。

為什麼？

昌浩茫然地思索著。

天氣真的十分晴朗，卻看不到滿天的星星。

天空被框成了有點扭曲的圓圈圈，星星只在圓圈圈裡閃爍著。

「嘿？」

這時候，背後響起了呻吟聲。

「嗚……嗚……」

昌浩張大眼睛四下張望。

「咦？剛才的聲音是……」

模糊的思緒瞬間消失，他猛地跳起來。

「小怪?!」

往後一看，躺成一個大字的白色生物被壓得扁扁的。

「小怪，你怎麼了？」

昌浩抓住它的脖子後面，把它拎起來。

像從夕陽剪下來的鮮豔紅色眼睛的眼皮半閉著。

眼神呆滯。

「不要叫我小怪，晴明的孫子！」

「不要叫我孫子！」

安倍昌浩立刻頂回去，把白色怪物往後拋。

啪吵一聲，小怪軟綿綿地滑落到地面上。

昌浩眨眨眼，回頭看看被自己拋出去的小怪。

「你還好吧？小怪。」

被昌浩抓著脖子拎起來的小怪聲音低沉地說：

「你還敢問……」

「算了。」

昌浩把白色怪物啪啦地扔在地上。

全身是白色毛的小怪，像小狗或小貓般大小，但是把它拎起來時，卻輕得像沒有重量。長長的耳朵往後甩，白色尾巴也很長，總是咻咻甩動著。脖子周圍有一圈像紅色勾玉的凸起，看起來很像戴著飾品。

那雙仰望著昌浩的眼睛又圓又大，紅得像融入了燃燒的鮮紅夕陽，透明清澈。

小怪坐了下來，舉起右前腳，半瞇著眼睛說：

「昌浩，有種就給我坐著不要跑。」

坐著的昌浩猶豫了一下，不知道該不該回它說「我已經坐著啦」。又覺得那麼回答，小怪會氣得齜牙咧嘴。

「是……」

昌浩乖乖聽話坐好時，小怪背後的黑暗滑動了一下。

「我捨身保護你，你卻隨手把我拋出去，這是啥居心？」

「保護我？」

昌浩百思不解，用食指按著太陽穴，在記憶裡搜尋。

小怪背後的黑暗又開始蠢動。昌浩與小怪彼此看著對方，所以沒發現。

拖曳著移動的黑暗，就快逼近小怪的白色尾巴了。

小怪深深地嘆了口氣說：

「你在山裡奔馳，腳沒踩穩，就掉進了洞裡啊！你這年紀就這麼健忘？機靈點嘛！晴明的孫子。」

「我說不要叫我孫子嘛！」

昌浩反射性地頂回去，同時站了起來。

他往上看，確認狀況。

沒錯，他是在追妖怪時，不小心掉進了洞口大開的洞穴裡。在掉落之前，好像有聽到小怪呼喊他的名字。

小怪跑在自己旁邊，所以大有可能是它跳進了洞裡保護自己，自己才沒有傷得太重。

「總之……」

「怎樣？」小怪威嚇地問。

昌浩說：「總之，謝謝你保護我。」

小怪眨一下眼睛。

「哦。」

「還有一件事。」

「哦？」

昌浩指著小怪背後說：

「後面好像有什麼東西。」

「啊？」

小怪猛然回過頭，看到已經近在眼前的一對白色亮點。

小怪眨眨又圓又大的眼睛，甩甩耳朵。

眼前的黑暗張開了血盆大口。

小怪靈活地用左前腳拍一下右前腳說：

「哦，發現目標！」

「這不叫『發現』！」

昌浩抓住小怪的尾巴，將它一把揪了過來，那張大嘴正好在這時候合上。

「我想起來了，我正在追捕這傢伙。」

昌浩把小怪拋出洞穴外，自己再助跑衝上陡急的斜坡。

「哇，好滑……！」

就在柔軟的斜面崩塌時，一條像是藤蔓的東西垂了下來。

「抓住！」

是小怪拋下的藤蔓。

昌浩抓著藤蔓爬上斜坡，背後響起了匍匐爬行的聲音，逐漸逼近。

小怪咬著藤蔓的另一端，使勁地把昌浩拖了上來。因為力道過強，昌浩被拖上來後，一頭栽進了樹叢裡。

「小怪，你好過分……」

「來了！」

跌得四腳朝天的昌浩趕緊站起來，按著撞到地面的後腦勺，調整呼吸。

巨大的軀體從洞穴裡爬出來了。

由於昌浩對自己施加了暗視術，所以就算在不明亮的黑夜中，他也像白天一樣可以清楚看見四周的情況。

躲在陰暗處的野獸終於現身了。
小怪甩了一下白色尾巴說：
「是鼴鼠啊……！」
好大，約莫兩個成年男子的身長，張大嘴巴絕對可以輕易吞下一、兩個昌浩沒問題。
嚴陣以待的昌浩瞪著鼴鼠說：
「喂，小怪。」
「幹嘛？」
小怪放低重心，準備隨時採取行動。
昌浩很認真地問它：
「鼴鼠會吃人嗎？」
「我哪裡知道……」小怪深深嘆口氣，轉頭對昌浩說：「你到底知不知道什麼叫緊張啊？可別告訴我，你的緊張都放在那個洞穴裡忘了帶出來。」
「鼴鼠一般都只吃蚯蚓之類的蟲子，就算長得再大，也不該吃人啊！」
「這不是該不該的問題，那傢伙明明就想把你拖進洞裡吃了，可見人類也是它捕食的對象。」

被晾在一旁的鼯鼠交互看著昌浩和小怪，好像很猶豫該攻擊哪一個。

小怪乾脆整個身子轉過來面對昌浩說：

「妖怪就在眼前，你卻這麼沒有危機感，太散漫啦！」

鼯鼠看到毫無防備的白色背部，終於決定攻擊這一個，毅然決然地張大了嘴巴。

就在這一瞬間，小怪語重心長地接著說：

「晴明要是知道他的小孫子這副德行，不知道會說什麼呢！」

正要攻擊小怪的鼯鼠，忽然整隻定住不動了。

「爺爺就算知道了，也不會說什麼啦……應該不會。」

昌浩講得不是很有自信，鼯鼠卻聽得全身冒冷汗。

「會說『應該』，表示你還有自覺嘛。你真沒用呢！晴明的孫子。」

「我說過不要叫我孫子啊！你這個怪物！」

「不……」

小怪正要頂回去「不要叫我怪物」時，背後忽然塵煙彌漫。

被捲入塵煙裡的小怪劇烈咳嗽，整個身子都看不見了。

昌浩倒抽了一口氣。

「小怪！恭請奉迎！」

昌浩擊掌合十膜拜，響起「砰」的清脆聲。

在土塵煙之內的小怪被嗆得直咳嗽。

必須驅散飛煙，盡快收拾鼴鼠。

「電灼光華，急急如律令！」

神咒轟然雷動。

晴朗的夜空與神咒相呼應，對準塵煙擊落下光亮的閃電與雷鳴。

爆炸的力量推倒了樹木，這下不只塵煙，還捲起了沙土。

昌浩早料到會帶來衝擊，於是雙臂交叉、打開雙腿站穩，卻還是抵擋不了那股力量，被遠遠拋飛出去。

「唔哇哇哇！」

他像石頭一樣骨碌骨碌地滾進樹叢裡，等爆裂結束才爬出來時，見到滿目瘡痍的景象，不禁啞然失言。

「……哇……」

鼴鼠洞的地方，被炸出了又深又圓的坑洞，直徑約莫兩丈，環繞著洞邊的沙土堆得高高的。

昌浩眨一下眼睛，心想，幸虧不是發生在市街內。

他使勁地站了起來，四下張望著大叫：
「小怪！」
到處都看不到小怪，昌浩急得臉色發白。
「小怪！怪物小怪！小怪！」
坑洞中央突然噴出劇烈火柱，掩蓋了昌浩的叫聲。
「哇！」
被熱風搧得一屁股跌坐在地上的昌浩，定睛看著冒出火焰的地方。
是來自坑洞的正中央。沙土被熱風吹得漫天飛揚。如蒸騰熱氣般的鮮紅鬥氣纏繞著四肢，然後將沙塵甩飛出去，燒得灰飛煙滅。紅蓮單腳著地，一隻手抵在膝蓋上，披在手上的薄絹被鬥氣與熱風搧得翩然飛舞。
修長結實的身軀毫無贅肉，精悍的臉上浮現嚴峻的表情，顏色比火焰濃烈的凌亂頭髮還不到肩膀，也被火焰搧得飄揚搖曳。
看來，他剛才是被埋在土沙裡。
「啊……」
昌浩下意識地鬆了口氣，慶幸小怪沒事。
「太好了，紅……」

還來不及叫出名字，金色雙眸就瞪了昌浩一眼，修長的身軀瞬間縮短，變成了白色小怪的模樣。

火柱轉眼間消失了。

小怪抖動全身，甩掉了最後的沙土，接著縱身跳到昌浩面前，齜牙咧嘴地說：

「對付區區一隻鼹鼠，需要召喚雷神嗎——」

窮兇極惡的模樣，嚇得昌浩不禁摀住了耳朵。

「因、因為急著救你，不自覺就……」

「不自覺？不自覺地害我差點被雷神之劍串起來嗎？」

「我、我是對準了鼹鼠啊……」

「在那片煙塵裡，看得出鼹鼠在哪兒、我在哪兒嗎？你真的看出來了嗎？」

「對不起……」

氣得全身白毛豎立的小怪，夕陽色眼眸激動得炯炯發亮，怒號著說：

「幸虧是在山裡面，如果在京城裡怎麼辦！萬一周圍有人，就釀成大禍啦！被逼到絕境也就罷了，不過是對付一隻鼹鼠而已，犯得著召喚雷神嗎?!」

乖乖低著頭聽訓的昌浩，偷偷在心裡反駁：

我也暗自慶幸不是在京城裡啊！可是從土裡噴出火柱，也沒比我好到哪兒去吧？

更何況，老教訓我說不管在什麼狀態下都不能掉以輕心，隨時都要全力以赴的人，不就是你小怪嗎？

昌浩緩緩地抬起頭說：

「那隻鼴鼠呢？」

「啊？」小怪瞇起眼睛，甩甩耳朵說：「不知道，看樣子是逃走了。」

那陣煙塵是鼴鼠慌慌張張鑽進土裡時捲起來的。

「它剛才明明是想攻擊你，怎麼會突然逃走呢？」

昌浩百思不解，小怪也滿臉疑惑地說：

「誰知道。」

搞不清楚是怎麼回事。

只有當事人搞不清楚狀況。

大半的妖怪在得到妖力時，就聽得懂人話了。

鼴鼠也不例外，聽得懂男孩跟白色生物的對話。

從對話中，鼴鼠知道昌浩姓安倍，是晴明的小孫子。

在這個時代，說到安倍晴明，絕對就是那個安倍晴明。

惡鬼怨靈妖怪等的天敵、宿敵是陰陽師。

其中，安倍晴明更有「當代第一大陰陽師」之稱。京城四周不知道這個名字的妖魔，恐怕只有新來的或狀況外的，而鼴鼠可是消息靈通之輩。

它早聽說，安倍晴明垂垂老矣，接班人是他最小的孫子。

當它知道眼前這個矮小的男孩就是傳說中的「晴明接班人」時，立刻轉變方向，連滾帶爬地逃離現場。

鼴鼠的判斷是正確的，如果當時它發動攻擊，恐怕在雷神之劍揮下前，就先被業火燒得屍骨無存了。

用前腳搔著耳朵一帶的小怪百般無奈似的嘆著氣。

當時，小怪早就察覺到鼴鼠從背後逼近。它堂堂小怪，怎麼可能被那種程度的妖魔先發制人。

「回到京城後，你真的有點脫線哦！昌浩。」

昌浩站起來，拍掉膝蓋上的灰塵，抱起了小怪。

「我一點都不覺得啊！」

昌浩低聲嘟囔著。小怪跳到他肩上，甩著尾巴說：

「不再那麼焦慮是好現象，可是要看對象來控制法術的強弱嘛！不然只是浪費靈力。」

昌浩眨眨眼睛說：

「啊……說得也是，嗯，以後我會小心。」

昌浩邊聽話地點著頭，邊跨出腳步走回京城。

妖怪牛車是昌浩的式鬼，應該會待在森林外，憂心如焚地等主人回去。

很久沒跨出京城外了，今晚一來，就看到妖怪從一間無人草庵溜出來。

妖怪看到昌浩，立刻逃之夭夭。昌浩反射性地追上去，一直追到這座森林的最深處。

「好久沒這樣追了。」

昌浩邊撥開草叢，邊走，小怪坐在他肩上，甩著尾巴說：

「是啊，最近都沒發生什麼大事。」

「沒錯。對了，小怪，你自己下來走嘛！」

「如果你准我燒光所有的草，我就下來走。」

「那還是算了……」

長得比昌浩膝蓋還高的雜草，對小怪來說是很麻煩的障礙物。

放火燒的話，不只雜草，連整座森林都會燒光，這可是件大事。若真的這麼做，挨祖父罵的人絕對是自己。

式神的行為，主人必須負起全責。嚴格來說，小怪並不是昌浩的式神，但是既然跟著昌浩，昌浩就要負起責任。

小怪的原貌，是剛才驚鴻一瞥的年輕人，看起來約二十多歲，但他不是人類，所以不能以外表來推測他的年齡。據說他已經活過了一千多個年頭，是六壬式盤上有記載的十二神將之一。安倍晴明年輕時，就收他為式神了。

既然加了「神」字，他就是神，雖居眾神之末，但終究是與神族相關的存在。安倍晴明可以將神收為「式」，所以被稱為怪物也無可厚非，實際上，大家背地裡就是這麼稱呼他。長久以來，連妖怪都說他有一半跟它們是同類。

至於被指定為接班人的昌浩，還正在成長中。

「我也好久沒見到紅蓮了。」

「對哦，回想起來，最近都沒必要現出原貌。」

坐在昌浩肩上的小怪靈活地用後腳搔著脖子。

紅蓮是晴明給它的第二個名字。記載在六壬式盤上的名字是騰蛇，但晴明和昌浩經常都叫它紅蓮。

「最近真是一片祥和。」

「就是啊！本來就該是這樣，這一年真的發生太多事了。」

「哈哈哈，說得也是。」

兩人邊高聲交談，邊撥開草叢往前走，終於走出了森林。

「啊，糟糕，走錯地方了。」

沒看到昌浩的妖怪牛車式鬼。被昌浩取名為「車之輔」的妖車，有點……不，是非常膽小。但是，會為主人上刀山下火海在所不辭，是忠義雙全的妖怪，不可能丟下昌浩跑去其他地方。

沿著森林展開的道路，與京城相連。從這裡直直往北走，就會到達羅城門。

「嗯……車之輔在哪裡呢？」

昌浩嘆口氣。

今晚並沒有特別的目的地，只是很久沒在晚上出來散步了，而且天氣又不算太冷，所以心想偶爾走遠一點也不錯。

就只是這樣而已。

昌浩正想著該怎麼辦才好時，聽見小怪在他耳邊叨唸著：

「天空明明這麼晴朗，萬里無雲，卻突然打起雷來……」

坐在他肩上的小怪仰望天空，甩著耳朵。

昌浩不滿地把嘴巴撇成了ㄟ字形。

「希望明天不會被當成什麼天地異變，引發騷動。」
不等它說完，昌浩就把它從肩上撥下去了。
小怪在半空中骨碌旋轉，勉強安全著地。
「你很粗暴耶！」
「少囉唆，你不過是隻怪物。」
「我不是怪物。」
昌浩瞥小怪一眼，垂下肩膀。
是的，這傢伙不是怪物。「怪物」是指留下憎恨或痛苦死去的人類的靈魂，所以這小子應該有不同於怪物的稱呼，譬如異形或妖怪之類的。
叫它「這小子」，它八成會豎起眉毛大吼——這時候會吼出什麼樣的聲音呢？
昌浩稍微想像了一下。它的聲音像小孩子一樣高八度，所以不管怎麼嘶吼、怎麼注入滿滿的魄力，聽起來也一點都不可怕。
說是嘶吼，還不如用啼叫來形容比較貼切。
小怪一眼就看出昌浩默默地在想些什麼，用力甩了一下尾巴，叫他：
「昌浩……」
「啊，什麼事？」

「你是不是在想什麼會讓我生氣的事？」

「我哪有……」

「有吧？」

被這麼一說，昌浩的視線不由得飄忽起來，心想不愧是小怪，夠敏銳。

小怪用後腳站起來。

「昌浩，在那裡坐下來。」

「是。」

昌浩乖乖在路旁端坐下來，因為道路中央沒有草，是裸露的地面。

「你在想什麼？」

「沒什麼……只是在想，你雖然不是怪物，可是，怎麼想都只有小怪這個名字適合你。」

再怎麼說，怪物的「小怪」都已經叫了一年半，現在實在很難改口叫其他名字了。

「是嗎？」

勉強接納這種說法的小怪半瞇著眼睛，兩隻前腳靈活地交叉環抱。以動物的關節構造來說，根本做不到這樣的動作，所以昌浩還是不得不讚歎果然是怪物。

小怪的眼神閃爍得更嚴厲了。

「如我剛才所說，你太散漫了，動作、法術都不夠俐落。」

昌浩歪著頭說：

「是嗎？我不覺得耶！」

右手按著後腦勺的昌浩，眉心深鎖。

沒錯，很久沒用法術，可能多少有點遲鈍了。將近一個月來，都是亥時睡覺，天亮起床，過著非常規律的生活，很久沒有迎頭撞上妖魔鬼怪這種事了。

然而，注意力是否因此變得散漫，昌浩自己倒不覺得。或許自己給自己打的分數會比較寬鬆，可是，他覺得自己一直都保有警覺性。

不過……

昌浩猛地抬頭仰望天空，瞇起眼睛。

多麼晴朗的夜空啊！今天是一號，所以月亮才剛從東方天際露臉。

沒有受到月光影響的天空，看起來就像灑滿了銀色碎片。那些星星每顆都有特別的意義，陰陽師可以憑藉觀星的知識與技術，解讀每顆星星所顯示出的事情狀態。

過著規律生活的昌浩都在做些什麼呢？那就是遍讀祖父的所有藏書，因為昌浩的知識太過貧乏了。

習慣這樣的生活後，實際面對妖魔時的緊張感，以及把神經緊繃到極限、以直覺反

應為優先的感覺，似乎都逐漸生疏了。

小怪說的，可能就是這個部分。如果是，恐怕是被它說中了。

決定找回初衷後，昌浩就把至今培養起來的東西全都擱置在一旁，一時之間還真拉不回來。不管任何事，都要一再重複鍛鍊，直到成為身體的一部分。而且，時間長短必須以「年」為單位。

昌浩真正成為陰陽師所累積的實戰經驗，還不到一年。

修行與實踐是兩回事。昌浩的不成熟連自己都覺得可笑，還欠缺太多東西了。

「小怪，我……」

「怎樣？」

夕陽色眼眸轉向昌浩，那清澈透明的鮮紅就像燃燒的天空一樣，是很溫暖的顏色。

「我還欠缺太多了。」

「欠缺什麼？」

「全部。不知道、做不到的事愈來愈多，我完全追趕不上。」

忽然，一顆星星墜落。如果是祖父，瞬間就能看出那顆星意味著什麼，昌浩卻看不出來。他向來不擅長觀星、占卜，即使使用占卜的工具，也未必能判斷出結果。

小怪頗有同感地回他說：「你成長了呢！」

昌浩眨眨眼後回看小怪，懷疑地問：

「哪裡成長了？」

他自己剛剛才說全部都欠缺呢！

小怪抿嘴一笑說：

「你知道自己欠缺太多，有這樣的自覺就代表成長了。」

2

三更半夜的京城，鴉雀無聲。

在貴族府邸，侍從會定時巡視。盜賊最喜歡在月光微弱的夜晚入侵，所以必須嚴加戒備。

又有星星墜落了。

滿天星星的夜空中，好幾顆星星無聲地墜落。

拿著蠟燭的侍從，兩人一組巡視庭院。

經過主人的起居寢殿或家眷居住的對屋周邊時，他們會盡量不發出聲響。

剛才南方天際有落雷。

萬里無雲的夜空中會突然閃過雷電，侍從們都認為是妖魔所為，嚇得臉色蒼白。觀察了狀況好一會，發現雷電後什麼事都沒發生，他們就自己下了結論，說是雷神一時的心血來潮。

再巡一圈就可以輪班，上床睡覺了。

彼此提振精神做最後巡視的侍從們，忽然聽到了颼颼的風聲，停下了腳步。

「怎麼回事？」
聲音愈來愈清晰。
他們四下張望，不經意地仰頭朝天。
又有星星墜落了。
通常會拉出白色的軌跡，咻地消失，這顆星星卻直直往下墜落。
「什麼……」
兩人嚇得發不出聲音，亮光就在兩人的凝視中直線墜落，擊中了位於府邸西南的釣殿①屋頂。

＊　＊　＊

麻雀啁啾鳴叫著。
蒙著被熟睡的昌浩，好像聽到有人叫他，動了動眼皮子。
「……啊……？」
他窸窸窣窣地從被子探出頭來，發現耀眼的陽光已經曬進房裡了。
直立的小怪靈活地拉開外廊的木門。

昌浩半睡半醒地說：「小怪，你叫我嗎？」
白色尾巴回應他似的搖晃著。
「哦，我是叫過你，該起床啦！」
陽光也從半拉起的板窗照進來，屋內一片明亮。門窗緊閉，空氣就會窒塞不流通，所以早上都會打開木門和板窗，讓室內通通氣。
不過，快到很不想打開門窗的季節了。
鑽出被子，已經不是涼快，而是有點寒意了。
昌浩打個哆嗦，慌忙換好衣服。
「唔，秋天也快結束了。」
要洗完臉再戴烏紗帽。
在貴族階級中，安倍家居末位，所以沒有侍女或雜役。但他們是陰陽世家，必要時，可以用紙做成「式」來替代雜役，使喚他們做事。
除了紙以外，還可以用蟲或鳥或動物來做「式」，這樣大概就夠用了。陰陽師算是特殊技藝，所以官位雖低，卻備受重用。
昌浩從外廊沿著庭院走到水井處，以桶子汲水。
用冰冷的水洗臉後，僅存的睡意也被沖走了，頓時感到神清氣爽。

「好冰。」

昌浩甩掉了臉上和手上的水氣，做個深呼吸。

天氣真好。只散佈著小小的雲朵，是一年中最天高氣爽的秋空。陰曆九月的爽朗晴空，飛舞著無數的紅蜻蜓。

一陣風吹過，掀起了衣袖。

「好冷……」

環抱著手臂進入廚房時，母親露樹正在準備早餐。

「母親，早安。」

「早，昌浩，早飯快好了，去跟你父親說一聲。」

「是。」

父親吉昌是安倍晴明的次子，在陰陽寮位居天文博士。

昌浩把鞋子拿在手上，啪噠啪噠地跑向父母的房間。

「父親，早安。」

他探頭往房裡看，父親正面向矮桌，在查看今天的黃曆。

「啊，早。」

「母親說早餐快好了。」

「知道了。」父親沉穩地回應。

昌浩忽然想起什麼似的詢問：「父親，昨天我看到流星，會不會是什麼徵兆？」

正在翻書的吉昌停下來，偏著頭說：「這個嘛……你還記不記得是怎麼樣的軌跡？」

「呃，從很高的地方這樣直直落下……」

昌浩比手畫腳地形容。吉昌看起來像是在深思，但沒有急著作出判斷。

「是有點奇怪，不過，如果跟北極星無關，又很快消失的話，應該不會有什麼大事，我稍後再查查看。」

吉昌站起來，決定去陰陽寮後，先查看值班官員們做的紀錄再下判斷。

「昌浩，快去梳洗準備。」

「啊，好。」

昌浩急忙回自己房間，很快地紮好髮髻，戴上了烏紗帽。

「小怪，怎麼樣？」

正在昌浩旁邊把散亂一地的書籍疊起來的小怪，扭頭看著他說：

「好像偏了一點……嗯，這樣就正了。」

「謝謝，文獻就那樣擺著吧！等一下我自己整理。」

「嗯，我只整理這些。」

「謝謝。」

昌浩說著站起來，往西棟鋪木板的房間走去，準備吃早餐。

小怪把攤開後對摺的卷軸整整齊齊地捲起來，不由得嘆了口氣。

堆積在這裡的文獻，都是屬於這座府邸的主人安倍晴明，但是，晴明一個多月來都不在家。說白了，就是昌浩未經允許，便把祖父的藏書都拿出來了。不好好放回去的話，晴明回來時說不定會很困擾。

「我畢竟是他的式神。」

雖然在一年多以前，被派任其他工作，但它心中還是認為自己屬於晴明。

認定安倍晴明是唯一主人的十二神將之火將騰蛇，就是小怪的原貌。晴明心胸寬闊，頗能認同它的自由意志。

這幾個月來，昌浩把晴明的藏書徹底徹尾地讀過了一遍，但當時心情尚未整理好，所以幾乎沒讀進去。

一個月前回京城後，昌浩整個人變了。很難說哪裡變了，總之，就是有了明顯的改變，而且是好的改變。

從陰陽寮回到家後，在吃完晚餐到上床之前，他都會看書。離開京城前，他看起來毛毛躁躁的，有點可怕，現在好像把不必要的矜持都拋開了。

有時候，他會拿著書去問吉昌。這是好現象，以前遇到阻礙時，他只會徹底地責備自己。

小怪用繩子綁好卷軸，放進房間角落的箱子裡，跟其他卷軸收在一起。這是昌浩最近從晴明的書庫整箱搬出來，才剛開始閱讀的一整套卷軸。

「收拾好了。」

正打算離開，去昌浩他們吃早餐的房間時，小怪突然被一陣強風吹得東倒西歪。

「哦哇！」

矮桌上的紙張漫天飛舞，堆成兩尺高塔狀的書籍倒下來，散開成扇子狀。隨便丟在鋪床上的被子被吹走了，燈台也差點倒下來。

小怪趕緊抱著燈台穩住，要不然燒到書就慘了。

風突然颳起，又突然靜止了。

飛舞的紙張啪吵啪吵地飄落，最後一張飄下後，房內又恢復了靜寂。

抱著燈台的小怪喃喃自語著：「怎麼會這樣……？」

從土御門大路向西直走到皇宮，再從上東門進入皇宮區域內，然後從梨本院與縫殿寮②之間往南走，是到陰陽寮最快的捷徑。

昌浩正快步走在那條土御門大路上。

幾乎沒有其他進宮的官員，因為現在是大半官員都已經進宮的時間。

那麼，昌浩為什麼這麼晚才進宮呢？因為他在整理房間。

「好混帳、好混帳的風！」昌浩邊跑邊在心底咒罵。

「昌浩，小心說話。」

緊緊抓住昌浩的肩膀以免摔下來的小怪，及時提醒他。

陰陽師會啟動言靈。好的言靈會召來好的東西，不好的言靈會召來不好的東西。連一般人使用言靈都會起作用，更不要說是陰陽師了，效果極大。

「我知道！可是……」

「也難怪啦！」

昌浩吃完早餐回到房間後，看到那樣的慘狀大吃一驚，慌張失措。

最大的問題是，那些都是晴明的藏書。由於年代已久，裝訂書籍的繩子都已老舊，稍微一點撞擊就會斷裂。在檢查過每一本書，確定沒有問題之前，他簡直擔心死了。安下心後，他就全身虛脫地癱坐了下來。露樹看兒子遲遲不出門，擔心地過去叫他，他才急匆匆地奔出家門。

安倍家位於一条的崛川沿岸，比住在三条、五条一帶的貴族更接近皇宮，這回真的

要慶幸距離這麼近。

他在工作開始的鐘聲響起前溜進陰陽寮，沒有遲到，但是對心臟不太好。

「太好了。」

像吐光胸中空氣似的喘口氣後，他擦擦汗水，接著邊調整呼吸，邊準備墨水、硯台，在陰陽部最後面的位子坐了下來。

昌浩開始工作了。沒事可做的小怪，通常會在旁邊縮成一團打盹。

昌浩開始磨墨時，眼角餘光掃到白色物體在動。

「小怪？」

小怪甩甩長耳朵，瞇起眼睛說：「好像有點嘈雜。」

昌浩眨眨眼睛，察看狀況。

果然如小怪所說，只是剛才怕遲到而拚命趕時間，所以沒有察覺。

陰陽寮的官員們以及有事來陰陽寮的其他官員們，都顯得焦躁不安。

「發生什麼事了？」

正訝異時，颳來一陣強風，準備好的紙張被吹得亂七八糟。就在昌浩撿起散落滿地的紙張站起來時，又颳來了一陣強風。

剛開始磨的墨汁飛起來，灑落在小怪臉上。

「噗哇！」

聽到難以形容的慘叫聲，昌浩轉頭一看，純白色的毛被染成了黑斑點點。

「小……！」

昌浩差點叫出聲來，又慌忙嚥下去，因為其他人都看不見小怪。

要有一定程度以上的靈視能力，才能看得到小怪。連負責降伏惡鬼、怨靈、妖怪和變身怪的陰陽師，都不見得全都擁有那種才能。

從鼻頭到眉間一大片黑墨，再從那裡呈放射狀染成黑斑模樣的小怪，邊慘叫，邊不停地擦著臉。

在離昌浩稍遠的座位書寫文件的官員，邊撿起散落的紙張，邊叫著：

「安倍，快點擦乾淨啊！」

昌浩赫然回神，看到墨水還四處飛濺到其他桌子、地板上，要在乾掉之前擦乾淨，不然會擦不掉。

「糟糕！」

他把整理好的紙張放在沒噴到的桌上，用硯台當紙鎮壓住，以免又飛得到處都是。

「小怪，你還好吧？」

昌浩壓低嗓門問。小怪揮揮變成黑色的前腳說：「不用管我，你快工作。」

「嗯。」

小怪板著臉站起來，微微張開弄髒的眼皮，靠兩隻腳走開了，大概是想找個什麼地方清洗。昌浩也走向取水處，提來了裝滿水的桶子和抹布。

現場的幾個雜役、陰陽生也幫著一起擦掉墨水。因為他們剛才在寫字，墨水也被吹得四處飛濺。

在乾掉前全部都擦乾淨之後，所有人才鬆了一口氣。

「今天的風好強。」

有人帶頭聊起這樣的話題。

出入時要小心點，說不定會再颳來像剛才那樣的風。

由於秋末的關係，板窗都關著，只要拉開木門時小心一點就行了。可是若風太強的話，連開門、關門也都很費力。

昌浩收集好所有弄髒的抹布，連同水桶一起放回取水處。他是直丁，要負責所有這一類的雜事。

倒掉了弄髒的水，正在清洗抹布時，小怪走過來了。

它已經把墨水洗掉了，仔細看，身上的白毛還有點濕。

「你在哪裡洗的？」

「寢宮用來澆花的水。」
「寢……」
昌浩驚訝得瞪大眼睛。小怪滿不在乎地斜站著說：
「那裡最不會被看見啊！皇上又不在。」
說得也是。
由於某些緣故，當今皇上不住在皇宮的寢宮裡，而是住在一条的臨時寢宮中。去年夏天，寢宮大半被來歷不明的大火燒毀，目前正在重建，就快完工了，聽說皇上明年就會搬回去。不過，現在的寢宮比起官員來來往往的皇宮，人的確少多了。
「沒噴到眼睛吧？」
「有一點，不過沒怎麼樣。對了……」小怪對洗好抹布正在扭乾的昌浩說：「我回來時，聽到了一件大事。」
「什麼事？」
「有星星掉在行成家。」
抹布從昌浩手中滑落。
「什麼……？」

小怪說的行成，是身兼右大弁與藏人頭的藤原行成。

去年十三歲的昌浩舉行元服禮時，就是請他擔任加冠人兼輔佐人，可以說是昌浩的大恩人。他年紀輕輕才二十九歲，就頗得皇上信賴，是藤原氏族中的佼佼者。

「行成大人有沒有怎麼樣?!」

昌浩愣了一會後大驚失色，小怪舉起一隻手安撫他。

「聽說是掉在釣殿，把屋頂撞出了一個大洞，但是沒有人受傷。」

「那就好……」

昌浩鬆口氣，很快地把工作做完後，離開了取水處。

小怪跳到了他的肩膀上，這樣比較好說話。

「星星真的會墜落呢！」

「偶爾會墜落，但很少。」

「還是會發亮嗎？」

小怪搔著臉頰附近，抬起眼睛往上看。

「我看過像火球一樣墜落的，不是發亮。」

「哦？」

從懂事以來，昌浩就喜歡什麼都不想，呆呆望著美麗的夜空。父親或二哥會抱著

他，告訴他星星的名字。

他不擅長研究天文，但很喜歡純粹看星星。不過，他倒是第一次聽說星星會墜落。

「掉下來還是很危險吧！」

「當然危險啦！忘了是哪次掉下來時，正好掉在山裡，把那附近搞得慘不忍睹。」

小怪望著遠方說：「對了，就像昨晚你召喚雷神，把森林炸掉了一角那樣。」

「我都說對不起了嘛！」

昌浩把嘴巴撇成ㄟ字形，心想它還真會記仇呢！

正要走向通往陰陽寮的渡殿時，昌浩看到了熟人。

「啊，是敏次。」

小怪翻了翻白眼。

「什麼？」

昌浩吸口氣，不管小怪的反應，加快了腳步。

追上敏次後，他低下頭說：「敏次，早安，你今天來得很晚呢！」

在昌浩行禮問候之前，敏次似乎陷入了沉思中，他受到驚嚇似的眨了眨眼睛，確認叫住他的人。

「啊，是昌浩啊……對不起，我正在想事情。」

「不會是想行成大人的事吧？」

敏次張大眼睛說：「正是，原來這件事已經傳遍皇宮了？」

大大嘆口氣後，敏次點了點頭。

藤原敏次是比昌浩大三歲的陰陽生。這麼年輕就能當上首席陰陽生，都要歸功於他的努力。他沒有與生俱來的靈視能力，但經過嘔心瀝血的努力，學會了看見妖魔鬼怪的法術，只是還不到可以看見小怪的程度。

昌浩很清楚，敏次是那種很努力的人。因為他天生就是努力不懈的認真性格，所以有段時間，他非常討厭散漫的昌浩，對昌浩百般刁難。

小怪那麼討厭敏次，也是因為有過這些事。它動不動就擺出吵架的姿態，有時還會真的動手，昌浩經常不動聲色地制止它。

「今天一大早接到通報後，我立刻去了行成大人的府邸。」

「結果怎麼樣了？」

「看到他和他的家人、家僕們都沒受傷，我就放心了。不過，夫人和年幼的千金都受到了不小的驚嚇，這也是難免的……」

半夜裡，星星突然墜落，撞壞了府邸的一角。就算再怎麼熟睡，也會嚇得跳起來吧？

星星墜落的現象很少見，不知道他們有多害怕呢！

昌浩露出心疼的表情。

「這樣啊……」

他記得行成的女兒才三歲。還有一個兒子，跟女兒同年。聽說姊姊是年初出生，弟弟是年尾出生。

「那麼，行成大人會暫時請凶日假吧？」

雖然沒有人受傷，但畢竟是不吉祥的事。既然遇上了穢事，就該待在家裡淨身齋戒，除去穢氣。

敏次一大早接到通報便立刻去行成府邸，應該也是為了確認這件事。

敏次眉心深鎖，喃喃說著：

「我也是第一次遇到星星墜落這種事，所以無法當場作判斷。」

這麼說的敏次，看起來十分懊惱，懊惱身為陰陽師的自己那麼尊敬行成，卻不能為他做些什麼。敏次雖然只是個陰陽生，還在學習當中，但已經擁有相當的知識了。雖說官職還不是陰陽師，技術與知識卻已經具備陰陽師的資格。

行成寫了信給陰陽博士與天文博士後，把信交給了敏次。

「行成大人交代我在工作結束後，把回函帶去給他……但是，我想拿到回函後就提早離開，把信送去。」

昌浩很能理解他的心情，他一定是想儘可能早點把回函送回去。

敏次在一旁等著，所以行成在寫收件人時一定寫得很匆忙，字跡卻還是一樣流暢美麗，昌浩不由得看得出神。

「昌浩？」

敏次察覺到昌浩的視線，露出了疑惑的表情。昌浩慌忙解釋：

「啊，對不起，字寫得很漂亮，我不由得……」

敏次看看字跡，點點頭說：「是啊，我也覺得。不愧是行成大人，即使在心情那麼混亂的時候，還是可以寫出這麼漂亮有力的字。」

敏次深信，行成的名字將被傳誦到遙遠的未來。

盯著收件人姓名好一會後，昌浩深深吁了口氣。

「昌浩？」

敏次訝異地看著昌浩，只見他滿臉沮喪地說：

「我在想，為什麼有人可以寫出這麼漂亮的字。」

昌浩的字充滿了個性——具體來說，就是寫得很難看。不管再怎麼用心寫，還是覺得自己的字比起別人簡直慘不忍睹。

默默坐在昌浩肩上的小怪，對於這件事也插不上嘴，因為正如他本人所說。儘管昌浩在這方面跟學陰陽道專門技術一樣努力，還是很難有收穫，讓人不禁要為他落淚。

「對了，敏次，你的字也很整齊很容易讀，有什麼要訣嗎？」

小怪半瞇起了眼睛，但沒有說話。它覺得生氣，但不得不承認敏次的字的確很容易讀。

拿著行成信件的敏次，視線落在收件人的姓名上。

「我不知道我的字整不整齊……不過，小時候我哥哥就交代我一天要照範本練習寫十張，我聽他的話做到現在。」

敏次的哥哥在他舉行元服禮之前就去世了，他一直照著哥哥的話去做。

「十張……」

我沒這樣練過呢！就是差在這裡吧？那麼從現在起，一天練十張或十五張，是不是就會進步呢？

昌浩低聲沉吟著東想西想時，敏次又接著說：

「而且，我有很好的範本，我把行成大人寄給我哥哥的信拿來當範本。」

昌浩張口結舌地抬頭看著敏次，羨慕不已。

昌浩與敏次的身高有三歲的差距。昌浩正逐漸成長，差距應該會縮短才對，可是，敏次也正在成長期，所以視線高度的位置到現在還是沒什麼改變。

祖父和父親寫的字也都很容易閱讀，可是要當成範本，當然還是希望有超一流的字帖。

昌浩最近才深深體會到，因為有最高等級的陰陽師在身旁，自己才能一開始就站在最高的起跑點。不管任何事，最重要的都是要學到一流的真正精髓。

敏次無心理睬在嘴巴裡喃喃唸著範本、範本的昌浩，沮喪地嘟囔著：

「偏偏當晴明大人不在時發生這種事……」

小怪怒目而視，因為不爽從敏次口中聽到晴明的名字。但是，話中內容是高度肯定晴明的實力，所以它也不好發什麼牢騷。

於是，小怪只是不高興地甩著尾巴，什麼也沒說。

小怪的陰陽講座

①釣殿即臨水池而建的殿堂，是用來垂釣的地方。

②梨本院是皇宮內的別院，位於寢宮的東北方。縫殿寮則是掌管皇后、皇女、宮女與侍女等女性的名簿、考察，以及衣服縫製工作的單位。

3

陰陽寮天文部的負責人天文博士安倍吉昌，滿臉困惑地看著眼前的報告書，還有貴族們送來的無數委託信件。

值夜班的人在報告書中記載了預測之外的無數流星，以及從昨晚開始突然產生的強風。中務省寫信來說，重建中的寢宮有某處屋頂被強風吹開了，要求確認是不是妖魔之類的怪異現象。一大早開工的工匠，因為強風的關係，從梯子摔下來受傷，為了鄭重起見，希望可以修禊拔除不祥。有人在進宮途中，牛車被吹倒，寫信來詢問是不是要請凶日假。由於狂風將府邸或倉庫的屋頂吹走，因而要求到府觀察吉凶的信件就多達十幾封。

最頭痛的是來自臨時寢宮的指示書，上面寫著庭院的松樹枝椏被強風狠狠地吹斷了，象徵長壽的松樹竟然會被吹斷，要求占卜是不是什麼徵兆。

「我是天文博士啊……」

占卜吉凶是陰陽部的管轄範疇。

這些內容的書信都該發給陰陽部的陰陽博士，卻都轉到自己這裡來了。

吉昌深深嘆息。理由顯而易見，因為每封書信的最後，都像蓋章似的寫著：請問安

倍晴明什麼時候回京城？

「這種事問我，我也不知道啊！」

吉昌自言自語後，又嘆了一口氣。

有幾封應該是陰陽博士看過的，因為有打開過的痕跡，卻又摺回了原來的樣子，請雜役全部送到吉昌這裡。

為人敦厚的吉昌也難得地皺起了眉頭。

「哥哥，你竟然都推給了我……」

陰陽博士是吉昌的哥哥，也就是晴明的長子吉平。他已經自立門戶了，所以安倍家業將由留下來的吉昌繼承。他們之間沒有發生過任何爭吵，只是自然而然發展成這樣。晴明的後代，在各方面好像都是由最小的繼承，譬如說，晴明的接班人就是吉昌最小的兒子。

「總之，臨時寢宮就請陰陽寮長去一趟。」

那麼，其他委託案該怎麼辦呢？

所有信件都提到趕快把晴明叫回來。

晴明離開京城的真正理由沒有公開，大家都以為他只是去伊勢參拜。

這個陰曆九月，伊勢神宮舉辦了二十年一次的式年遷宮儀式。晴明與陰曆八月來京

城的伊勢齋宮寮的大中臣一起去了伊勢，從時期來看，大家都認定晴明去伊勢是為了式年遷宮。

現在式年遷宮已經結束，應該沒有理由再留在伊勢了，晴明卻沒有回來，為什麼呢？

如果沒發生任何事，疑問就僅止於疑問，然而現在發生了怪事，情況就不一樣了。

畢竟，他雖年過八十，卻一直是最頂尖的大陰陽師。

每當有什麼事發生時，大家最想依賴的就是安倍晴明，這是連陰陽寮最高位的陰陽寮長都不能否定的事實。有時候，寮長也會私下來找晴明商量。為什麼吉昌會知道呢？因為都是他居中牽線。

大家都說，安倍晴明是狐狸之子，身上流著妖魔之血，才會有那麼強大的靈力和咒力，還活得那麼長，說得活靈活現的。所以，人們依賴晴明，同時也畏懼晴明。只要晴明稍微顯露那種傳聞的可能性，他們的態度恐怕就會一百八十度大轉變。

而安倍晴明的兒子吉昌，內心也是充滿「敬意」地稱父親為「怪物」。因為八十歲還有那樣的行動力、體力和靈力，除了怪物外還會是什麼？

父親身上流著妖魔的血是事實，所以吉昌也繼承了那樣的血脈，然而到目前為止，這點並沒有為他帶來任何問題，哥哥也是，頂多是靈力比一般人強些而已。他們的孩子也都繼承了與一般人相去懸殊的靈力，除此之外，並不覺得有什麼亟待解決的問題。

當然，也有可能是孩子們沒有告訴吉昌而已。如果真是那樣，只要孩子不主動說，吉昌也無從知道。

由此可知，安倍家的人都被徹底培養成了各自獨立的個性。最近吉昌常想，可能是晴明在活過漫長歲月後，判斷這是很重要的事。

坐在矮桌前的吉昌，被外來的聲音打斷了思緒。

「打攪了。」

一抬起頭，就看到陰陽生藤原敏次拉開木門，鞠躬行禮。

「請進。」

獲准進房的敏次身後，不知道為什麼還跟著兒子昌浩，小怪也在他旁邊咚咚咚地走進來。

看到這麼難得的組合，吉昌眨了眨眼睛。

兩人在吉昌面前坐下來。

敏次挺直背脊，遞出手上的信件。

「在您百忙中來打攪，真的很對不起，這是藤原行成大人交代我送來的信。他說可能的話，希望可以在今天收到您的回函。」

吉昌收下敏次遞給他的信件。

「嗯，他的事我都聽說了。」
星星墜落在行成家的事已經傳遍了皇宮，恐怕得將其他事延後，先處理這封信。
「那麼，昌浩有什麼事？」
吉昌轉向昌浩，坐在敏次身旁的昌浩也遞上了手中約三十封的信件。
「這些是陰陽博士和曆博士要我交給您的。」
「什麼？」
吉昌反射性地反問。曆博士是他的長子成親。
昌浩回說，他送信去給陰陽博士，結果反而被拜託連同剛收到的信件一起送來這裡。途中又遇到抱著一堆信件的曆博士，爽朗地笑著對他說來得正好，把手中的信件也都交給了他，拜託他一起送來。
吉昌有氣無力地看著信件。看來，這些信的結尾八成也都寫著同樣的話。
「先放在這裡吧！」
昌浩依照指示，把信件放在矮桌上。
在昌浩視野角落的小怪，盯著堆積如山搖搖欲墜的信件，露出了難以置信的表情，嘴巴喃喃唸著「好辛苦」，只有昌浩和吉昌聽得見。
「我稍後再來拿回函，大約要多少時間？」

吉昌的視線游移了一下。
「大約一個時辰吧……」
「那麼，我到時候再來。讓您急著回函，行成大人也覺得很不好意思。」
想到行成的為人，吉昌不禁苦笑。這種時候，何必那麼客氣呢？
敏次正要站起來時，看到排列在吉昌背後書架上的書籍。
「呃，吉昌大人，請問這裡有《論衡》嗎？」
吉昌和昌浩同時看著敏次。小怪也瞇起眼睛，疑惑地看著他。
「《論衡》？」
這麼反問的是吉昌。敏次驚覺失禮，低下頭說：
「對不起，請忘了這件事。」
「這裡是有《論衡》，可是不知道被哪個天文生帶走了，可能暫時不會歸還。」
聽吉昌這麼說，敏次沮喪地垂下了肩膀。
昌浩開口問：
「敏次，你在找《論衡》嗎？」
「呃，我……」
敏次似乎有點猶豫著該不該說，吉昌以眼神催促他，他才點點頭回答：

「是的，我正依年代順序在閱讀大陸的書，可是陰陽寮的書庫少了《論衡》第二十一卷。我本來想跳過去看的，可是又覺得這樣就沒有意義了。」

《論衡》是後漢時代的書，全部三十卷，內容雖是批判陰陽五行的思想，但知識最忌諱偏頗，所以是必讀的一套書。

為了取得知識，大陸漢書是不可或缺的來源。過去也有人主張，這個國家的妖怪是在非常遙遠的時代從中國大陸而來，不久後逐漸產生獨特的變化，演變至今。

敏次沒有察覺昌浩正陷入思考，又雙手伏地低頭說：

「對不起，因為我個人的事而浪費了您的時間，我稍後再來拿回函。」

這時候，緘默的昌浩抬起頭說：

「父親。」

吉昌轉向昌浩，只見他按著太陽穴，似乎在記憶中搜尋著什麼。

「爺爺的藏書裡是不是有《論衡》這套書？」

敏次驚訝地轉頭看著昌浩。

吉昌合抱胳膊，抬眼往上看思索著。

「啊，好像是有。」

「有啦！不久前我在書庫看過，好像是有。」

敏次交互看著他們父子，不知道該說什麼。
看他臉上那種驚訝的表情，應該是在想怎麼會有《論衡》這麼貴重的書。
坐著的小怪猛搔著脖子一帶。
「那是很久以前，晴明帶回來抄寫的……我幹嘛要替你作這樣的解說啊！」
小怪自己愈說愈氣，兩眼發直。
「可以借給敏次嗎？」
「咦？」
「還是問一下父親吧！」
「咦？」
「那麼，我稍後確認一下。」
「咦?!」
聽著父子之間平淡的對話，敏次難得顯露出驚慌失措的模樣。
昌浩對敏次說：
「我想我祖父應該會答應。」
「啊，呃，可是……」
看到敏次語無倫次的樣子，吉昌笑著說：

「我家的書，都是父親年輕時從寮裡的藏書抄寫來的，說不定會有抄漏或抄錯的地方，要請你多包涵。」

敏次惶恐得不知如何是好。

「吉昌大人……千萬不要這麼說……」

「好了，該回去工作了，我也得處理這件事。」

吉昌指著行成的信件。敏次不好再說什麼，把到了嘴邊的話嚥下去，深深地鞠躬致意。

在走向陰陽部途中，敏次也向昌浩鞠躬道謝。

「哇！請不要這樣，敏次！」

「不，光這樣我都還覺得不夠，真的很謝謝你，昌浩。」

那是他一度放棄的書，而且還是安倍晴明的藏書。即使晴明不答應外借，他也很感激昌浩與吉昌的心意。

「昌浩，你看過《論衡》嗎？」

昌浩搖搖頭說：

「沒有，因為書太多了，我還沒看到那裡。」

可見藏書的數量有多龐大，而昌浩每天都在看這些書，從中累積知識。

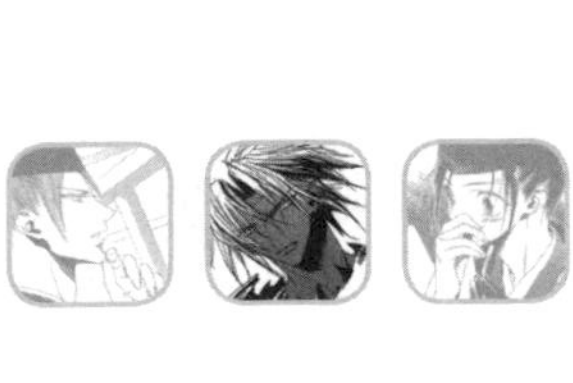

敏次點點頭說：
「這樣啊……」
「怎樣？」
「沒、沒什麼，回去吧！」
兩人快步往前走。
敏次看著前方思忖著。
原來昌浩都在大家看不到的時候努力學習著呢！
以前，昌浩經常請假，敏次因此嚴厲地責備過他。但是，現在顯然跟當時不一樣了。
敏次不是要跟他一決高下，但心想絕不能輸給他。
看到敏次似乎下定了什麼決心的表情，小怪不悅地甩了甩耳朵。

敏次帶著吉昌的回函，很早就離開了陰陽寮。
平常，這時間他都還待在座位上，所以座位上沒人特別引人注意。
正在抄寫下個月曆表的昌浩停下手說：
「行成大人家不知道怎麼樣了。」
在昌浩身旁縮成一團的小怪，張開一隻眼睛看著他，長長的尾巴一甩，開口說：

「擔心的話，我去幫你看一下吧？」
昌浩看著紙張回應：
「咦，真的嗎？」
「只是去幫你看一下哦！我去也不能做什麼。」
那也沒關係，只要能知道狀況就很感謝了。
「拜託你了。」
聽昌浩這麼說，小怪便站起來，像貓一樣伸了伸懶腰。
「真拿你沒轍。」
嘎吱嘎吱扭扭脖子後，小怪就搖搖擺擺地走到了門口，在那裡稍微等一下，等正要出去的陰陽生拉開木門，再乘機一起溜出去。
悄悄看著小怪消失在門外後，昌浩才鬆口氣再開始抄寫。
聽說行成沒事，但他是寢宮重建的負責人，如果不能進宮工作，說不定會產生種種弊端。而且，昌浩也擔心據說受到驚嚇的夫人與千金。千金才三歲，當時一定很害怕。
想到這裡，昌浩張大了眼睛。
「——啊！」
昌浩突然叫出聲來，部內的人都大吃一驚地看著他，他慌忙道歉：

「對、對不起。」

「怎麼了？安倍。」

「呃，那個……對、對了，我忘了博士交代我調查的事。」

他把紙張弄整齊，站起來說：

「這些就先放在這裡，我會回來做完。」

在他深深一鞠躬後，所有人都把視線拉回到自己手邊，又開始做各自的工作。

昌浩邊注意強風，邊拉開木門，走到外廊，把手搭在高欄上眺望南方。

「小怪不會有事吧……」

在朱雀大路上奔馳的小怪，好幾次差點被風吹走。

「唔哇！」

走的明明是直線，卻不知為什麼老撞到路旁的柳樹。

十二神將之一的它也會被風吹得東倒西歪，這實在不是什麼好笑的事。

直線前進當然比乖乖沿著道路走來得快，所以小怪乾脆跳上某貴族家的屋頂或圍牆上，輕盈地奔跑。

因為是砰砰跳躍前進，所以好幾次又差點被風吹落。

「哇啊啊！」

這時它就抓住柳樹枝椏，或攀住用來鋪屋頂的檜皮，抗拒強風。

「這樣子可不能讓任何人看見。」

它低喃著，滿臉的不耐煩。要是同袍看到了，一定會說恢復原貌就好了嘛，可是現在要去的地方有小孩子。

小怪皺起了眉頭。

走出皇宮後，它立刻想到了這件事，不禁詛咒自己的疏忽，但是又不能折回去，只好往行成家去。

小怪討厭小孩子，尤其是嬰兒到四歲左右的孩子，因為小怪以原貌紅蓮的模樣靠近，小孩子就會被他的神氣嚇壞，哭得像著火一樣，即使隱身也沒差。所以，他決定不靠近小孩子。

「從外面應該看得見吧？希望看得見。」

它邊跑邊嘟囔著：從屋頂應該就可以看到大約的狀況吧？一定可以，就當可以吧！

就這麼做吧、就這麼做吧，它這樣說給自己聽時，又被強風吹得失去平衡，因為正好要從屋頂跳到圍牆上，所以毫無辦法抗拒。

爪子是攀住了圍牆，卻還是直線滑落下來。它翩然旋轉，打算著地，又撞上了沿著

牆種植的樹木。

「好痛好痛好痛。」

被好幾根樹枝卡住了，痛得它直慘叫。它抖動身子，甩掉折斷的小樹枝和黏在身上的葉子。

想把無處可去的憤怒往某處發洩的衝動，讓它差點發出無法言喻的怒吼。就在這時候，它的眼神突然變得嚴峻。

風有問題。

它跳上圍牆，環視四方天空，夕陽色的眼眸炯炯閃爍。

突然颳起的強風，有時劇烈得像暴風，但說停就停，風向也凌亂不定，無法預測。

更重要的是——

「……風……」

儘管微弱，但風中有喚醒小怪本能的某種因子。

是自己太多心嗎？不，直覺告訴它，這風不是自然的產物。

小怪的眼神變得更嚴峻，默然奔馳著。

就快到行成家了。

敏次將天文博士安倍吉昌的回函送到行成家之後，一副完成重大任務的樣子，放鬆了肩膀。

一大早來拜訪時，是擔心行成和他家人的安危，第一件事就是確認他們是否平安無事。被星星墜落的衝擊與巨響打斷睡眠的家眷們，個個顯得疲憊不堪，尤其是千金小姐特別嚴重，聽說好不容易才停止了哭泣，閉上眼睛，又不知道夢見什麼而大哭起來。

「夫人非常自責，不能為小姐做些什麼……我們看得好難過。」

臉色蒼白的侍女淚眼汪汪地說著，敏次聽得啞然失言。

他拜託侍女，如果方便的話能不能帶他去見小姐。夫人因為上午時頭暈，正躺在床上，現在是奶媽和侍女在照顧千金。

抓著奶媽直發抖的千金一見到敏次就問：

「神在生氣嗎？因為生氣，所以星星掉下來了嗎？」

敏次蹲下來，配合小孩子的視線高度，從懷裡拿出護身符。

「沒那種事。來，小姐，拿著這個。」

他很快地摺起護身符，做成小小的摺符。

「這是什麼……？」

噙著淚水的眼眸直直盯著敏次。

為了讓年幼的千金安心，敏次微笑著說：

「是護身符，如果作了可怕的夢，這東西會保護妳。」

「真的嗎？」

「真的，敏次我向天地神明發誓，絕對不會撒謊。」

千金緩緩地伸出手，接過摺符後擁在胸口。

敏次看她的情緒平穩多了，奶媽們又不停地對他使眼色，他趕緊行個禮退出了對屋。

鬆口氣後，他問帶路的侍女：

「公子怎麼樣了？」

會不會跟姊姊一樣害怕呢？

沒想到侍女微微一笑說：

「不用擔心，公子住的地方離釣殿很遠，所以過得跟平常一樣。」

「是嗎？」

看到敏次安心地放鬆了臉上的表情，侍女用袖子遮住嘴角說：

「是啊！今天早上他在庭院裡發現一隻受傷的雛鳥，現在正跟奶媽在照顧那隻雛鳥呢！」

「那就好。」

最好是有什麼事來分散他的注意力。

敏次經過允許，直接去了損毀的釣殿。

行成家很大，不但有引進庭院澆灌花木的溪水，夏天還可以在水池裡划小船。

屋頂破了個大洞，因衝擊而破裂的碎片散落一地，情況慘不忍睹。

「敏次大人，不要受傷了。」

現場沒有經過整理，碎片也沒有清走。在渡殿停下腳步的敏次懷疑地觀察著釣殿。

「……」

聽雜役說，是星星掉了下來，閃耀的星星直直地墜落在釣殿上。

敏次集中精神去感覺，專注地看著釣殿。

「這是什麼？」

飄蕩著一股奇妙的氣息，是來自於星星嗎？

小怪在寢殿的屋頂上看著這一切。

剛到時，它停在環繞行成家的圍牆上，聽見從寢殿對面的對屋傳來小孩的哭聲，讓它差點摔下去，好想直接轉身離開，可是這麼做的話，就是欺騙了昌浩。它儘可能地壓抑氣息進入圍牆內，跳到房子的屋頂上，往寢殿移動。就在它移動中，哭聲停止了，它好奇地窺伺狀況，見到敏次從對屋走出來。

「那傢伙還在啊！」

他離開陰陽寮有段時間了，竟然還在，真是悠閒啊！

小怪起初這麼想，但仔細想想，他是徒步來的，應該比較花時間。

風又颳了起來。好強。小怪使勁地撐住四肢，以免被吹走。

它環視四周，看到星星墜落的釣殿，損壞得相當嚴重。

定睛一看，發現敏次也同樣盯著釣殿，讓它有點不悅。

夕陽色眼睛眨一下，閃過疑慮的光芒。

稍作沉思後，小怪就轉身離開了行成家。

4

好強的風。

直直往京城飛去的黑影，差點被由下往上撈起般的風漩捲走，啪噠啪噠地猛拍著翅膀。

「唔……！」

眼看著就要被吹走時，黑影使勁地撐住，一個大迴轉，又朝向了目的地。

翻山越領之後，終於看到了山下像棋盤般的京城。

「哦！」

漆黑的臉龐光輝燦爛。終於到了。只差一點點了。

黑影振作起起來，努力飛行。在靠近京城的地方，又突然颳起了強風，硬是把它往後吹的風，害它浪費了不少時間與體力。

「還好，就快到了。」

在只有小小雲朵散佈的藍天中，黑色翅膀特別顯眼，背上還用繩子捆著長方形的油紙。

漆黑的烏鴉猛拍著翅膀，破風前進。

眼下是喪葬之地，名叫鳥邊野。越過前面的河川之後，就是京城了。

前方颳起了強風。說是「颳」，還不如用「拍打」來形容比較貼切。

「這、這哪叫強風……根本是暴風……」

啪吵啪吵拍振著翅膀的烏鴉，使出全力往前進。

忽然聽見嚎叫般的尖銳聲音。

同時，出現了一團風塊。

還來不及看清楚，烏鴉就被狠狠地撞飛出去了。

京城東邊有座老舊的小寺廟，幾隻小妖躺在小廟的圍牆上做日光浴。

雨一直下到秋季中旬，終於盼到了藍天與陽光，小妖們都很開心，每天在人煙罕至的地方睡午覺。

其實小妖們並不害怕陽光，只是白天睡覺、晚上起床，是它們既定的生活方式。盛夏的陽光熱得讓它們受不了，但秋天的陽光既和煦又舒適。

「好幸福啊！」

有三隻角、長得很像猴子的小妖，躺成大字形，悠哉地詠歎著。

「真的呢！」

躺在它旁邊的是獨角鬼，圓滾滾的身體上有手也有腳。

「有陽光真好。」

三隻眼的蜥蜴伸直了身體，躺在圍牆陰暗處的暖和地面上。

平安京裡住著很多這樣的小妖，它們心血來潮時也會嚇嚇京城的人，但基本上沒什麼害處。所以，負責降伏妖魔鬼怪的陰陽師們都不太理會它們，因為若把它們也列入降伏對象，陰陽師的工作就會暴增。

小妖們也會替人類設想，譬如：它們會像這樣，選擇人煙稀少的寺廟午睡，當早上、傍晚時分，貴族們在路上昂首闊步時，它們就盡量不出現在大路、小路上。

畢竟小妖們在此處被指定為京城之前，就住在這附近了，也就是所謂的「原住妖」。為後來的人設想，是先來者應盡的義務。

這一帶被稱為「六道十字路口」，即使白天也幾乎沒有人會來，對它們來說是非常適合居住的地方。

蜥蜴「嗯～」地呻吟著伸展身體，「嗨喲」一聲，把身體轉個方向。

這時候，一團黑影掉落在它睡覺的地方。

耳朵附近一聲巨響，把蜥蜴嚇得跳起來。

「唔哇?!」

圍牆上的小妖們聽到聲音都爬了起來。

「什麼事？」

「怎麼了？」

探出頭往下看的小妖們都張大了眼睛。

「啊！」

小妖們走到某棟房子前，開始蹦蹦跳躍起來。

「喂喂、喂！」

「喂！」

「出來啊！」

它們配合呼吸愈跳愈激烈。

「晴明的孫子——！」

這裡是安倍晴明的家，位於西洞院大路與土御門大路旁。前方不遠處有條堀川，架在堀川上的橋叫「戻橋」。傳說只要經過這座橋，就一定會再回到這裡，所以要出遠門辦事的人，都會特地經過這座橋。

小妖們經常在這座橋上走來走去，附近居民也是。不知道只是傳說還是事實，總之，在平安京不管發生什麼事都不稀奇。

「喂——」

「晴明的孫子——」

「快回答我們啊——」

平常只要這樣叫，就會有怒吼傳回來，這次卻沒有任何反應。

三隻小妖在安倍家南邊的土御門大路上圍成一個圈圈。

「嗯……怎麼辦？」

「隨便闖進去會挨罵。」

「萬一碰到那個可怕的式神，我們一下就被捏死了。」

一想到那個畫面，三隻小妖就嚇得全身發抖。可能的話，它們非常不想面對那道冰刃般的視線。

正當它們不知道該怎麼辦，額頭貼著額頭腦力激盪時，一個身影在它們身旁出現了。

「什麼事？」

小鬼們扭頭一看，臉龐頓時亮了起來。

「啊，式神。」

「太好了，我們正在煩惱呢！」

被稱為「式神」的人疑惑地偏起了頭。

小妖們往旁邊一移動，就露出了一團黑塊。

完全躺平的烏鴉，緩緩張開了鳥嘴。

「哦……十二……神將……」

只說出這幾個字，烏鴉的頭就垂下去了，小妖們都看得猛眨眼睛。

「啊，死了。」

像猴子的小妖低聲這麼說，烏鴉的翅膀就以迅雷不及掩耳的速度，直接攻擊小妖的臉。既沒力氣說話也沒力氣抬頭，只有抗議的動作特別迅速，看來烏鴉比山高的自尊還是沒變。

小妖們你一言我一語地對默默低頭看著烏鴉的神將說：

「這傢伙是你們的朋友吧？」

「我們把它帶來給你們了喲！」

「再見。」

說完，揮揮手就走了。

烏鴉倒地不起，神將看到它背上的紙，輕輕嘆了口氣。

太陽西斜，西方天際一片鮮紅。

今日的天空特別豔麗，紅得像燃燒的火焰。

只要放晴，每天都能看到夕陽，但這樣的顏色不多見。

然而昌浩只要想看，每天都能看得到。

「小怪，回家囉！」

昌浩把寫完的紙張弄整齊後站起來。將這些紙張收進書庫裡，今天的工作就結束了。

「哦。」

跟夕陽同樣顏色的清澄眼眸轉向了昌浩。看著騎坐在肩上的小怪，昌浩顯得很開心。

「咦？怎麼了？」小怪訝異地問。

昌浩指著夕陽說：

「我在想，今天也跟小怪的眼睛同樣顏色呢！」

「啊，今天特別紅。」

小怪的表情看起來有些落寞。跟那種紅色相同的眼眸，對小怪來說，具有特別的意義。

收拾完，離開陰陽寮時，東方天際已經轉為夜幕低垂的藍色。工作期間也不時颳起強風，有貴族家的屋頂被風吹走，有人家的板窗被折斷的樹枝撞破引發大騷動，有牛車被吹倒而把牛和牧童壓成了重傷……這之類的報告一件接一件送到。

去行成家的小怪在下午時回來了。昌浩被工作追著跑，一直沒有時間問它結果。每到月底，就會有很多事要忙，不管那個省或寮都一樣。有很多事都會讓人抱頭發燒，埋怨上面為什麼不早點交代下來，但是，就算再怎麼發牢騷也沒用，所以他向來是廢話少說，埋首於職務。這樣的工作累積，對將來一定會有幫助。

昨晚又在京城進行了暌違已久的夜巡，所以覺得特別疲憊。昌浩邊走邊想，回到家後，在晚餐前先小睡一會吧！

又颳起風了。說是強風，還不如說是「旋風」，可以清楚看見開始飄落的葉子被捲起來形成漩渦的樣子。

「是秋風吧！」

連烏紗帽都快被吹走了，昌浩拚命壓著帽子，瞇起了眼睛。

連著幾天都放晴，把土曬乾了，所以沙塵也隨著風漫天起舞。

緊緊攀住昌浩肩膀的小怪怕沙子吹進眼裡，一直瞇著眼睛。什麼話都沒說，也是因為怕沙子跑進嘴裡。

「哈啾！」

可能是鼻子進了沙，小怪打了個大噴嚏，結果不小心吸進沙子，又咯咯咯地咳了起來。

昌浩邊舉起手臂遮擋風沙，邊瞇著眼睛說：

「小怪，你何不恢復原貌隱形呢？」

「不用……」

小怪鎖起眉心拒絕。不知道是不是眼睛進了沙子，仔細看會發現它緊緊閉上了眼睛。

昌浩不禁懷疑，為什麼即使在這種狀況下，它也不肯變回原貌呢？小怪全身繃得特別緊，既然要這麼費力撐住才不會被吹走，怎麼不乾脆隱形呢？這樣就不必在乎風吹不吹了。

在下午之前，還是偶爾才颳起強風，到了傍晚，幾乎是隨時都颳著強風。再更強的話，就要用暴風來形容了。

秋初時，每年都會颳起劇烈的暴風，但是在秋末十分少見。天文部的官員都沒提出預警說這個時期會有暴風來襲。

又颳起了更強的風，昌浩被吹得搖搖晃晃的，好不容易才重新站穩了腳步，匆匆趕回家。

小怪微微張開眼睛，鮮紅的雙眸嚴肅得嚇人。

「……」

昌浩一邊希望不要下雨，一邊抬頭看著天空，不解地皺起了眉頭。

逐漸進入黑夜的天空中閃耀著漂亮的星星。僅有的幾朵雲，都被風吹得不知去向了。

總之，就只有風特別強。

路旁的柳樹都被吹得向一邊折腰傾倒，這種狀況極為罕見。

舉手擋風、半閉著眼睛前進的昌浩，好像看見一道白色光芒從視野一角掃過。是流星。他突然想到，不知道墜落在行成家的星星怎麼樣了？

昌浩很想知道，可是，在這樣的風中交談是非常的不智之舉。攀住他肩膀的小怪隨時都有被吹走的可能。

於是，他把小怪夾在腋下，加快了腳步。

安倍家的大門通常一整天都開著，直到所有人都回到家才會關上。但是，今天不知道為什麼卻關著。

「咦？」

連推也推不動。

昌浩沮喪地垂下肩膀。其實，並不是把他關在門外，只是被風吹得關上了，而且風還成為天然的鎖。這時候，昌浩才深切體會到自己是個力量單薄的十四歲少年，好希望自己有更強的腕力。

「小怪，幫我開門。」

被拜託的小怪露出了非常不情願的表情。

「為什麼？」

「因為我的力氣打不開啊！紅蓮就可以輕易打開吧？」

「你居然要十二神將中最強、最兇的我，為你做這種事？」

「沒錯，因為這是很現實的問題啊！不這麼做就進不去。」

當兩人爭執不下時，大門發出重甸甸的聲響打開了。從門內探出頭來的，是身體壯碩的壯年男子。

「你們兩個在幹什麼？」

顯得不太耐煩的是安倍晴明的十二神將之一白虎。

「白虎！」

「太好了，謝謝你。」

昌浩由衷地致謝。

白虎是察覺到他們回來的氣息，卻遲遲不見他們進來，覺得奇怪，才特地從異界跑下來看怎麼回事。

白虎看起來像三十五歲到四十五歲左右，有著肌肉發達的軀體，是神將中最結實的一個。他長得沒有紅蓮高，但比昌浩高許多。不過整體而言，神將都長得很高，一般人類的成人男性頂多到他們的肩膀而已。

他們的穿著打扮像大陸的戰士，裸露的肩膀摸起來就像穿著肌肉的盔甲。為了行動方便，只穿戴腰間的短盔甲，手臂上也有護具。連紅蓮腰間都有穿戴盔甲。神將們其他共通的地方，就是連腳踝都有戴護具，卻光著腳。

昌浩與小怪一進來，白虎就把門關上了。吉昌已經回到家了。

又向隱形的白虎致謝一次後，昌浩就用母親替他準備的水和毛巾將臉和手擦乾淨，再盡量把直衣和狩褲上的灰塵拍乾淨。

「希望風今晚就會停了……」

明天若再這樣吹就麻煩了。

走向房間的昌浩，一拉開走廊盡頭的木門，就站住不動了，因為裡面點著燈，讓他覺得很訝異。

「怎麼會……」

還沒說完，耳朵就被尖銳的聲音貫穿了。

「你怎麼這麼晚才回來？安倍昌浩！」

看到啪吵伸出一隻翅膀的漆黑烏鴉，昌浩瞪大了眼睛。

「嵬，你什麼時候來的？」

烏鴉張開雙腿站在矮桌上。

「問得好，我正在等你這句話！」

「什麼？」

昌浩和小怪異口同聲地反問。烏鴉滿不在乎地清清喉嚨，張開鳥嘴說：

「我是以侍奉道反大神為傲的守護妖！這個軀體雖然有點小，但是自尊一點都不低，絕對不低！」

仔細一看，它黑亮的翅膀還微微顫抖著。

「然而……！我好不甘心、好不甘心啊，安倍昌浩！你有沒有在聽啊？安倍昌浩！」

「嗯、嗯，有吧。」

被稱為「嵬」的烏鴉，如它自己所說，是守在出雲國的伊賦夜坡（黃泉比良坡），將人界與黃泉之國區隔開來的道反大神的眷族。雖然體型如此嬌小，卻是妖力相當強大的守護妖。

「除了安倍昌浩外，還有隨侍在側的神將，以及站在那裡的神將！」

烏鴉誇張地啪吵啪吵拍振翅膀，把翅膀尖端指向某處。被稱為「隨侍在側的神將」的小怪，往烏鴉翅膀所指的地方望去，訝異地歪著頭。

「喂……這傢伙是怎麼回事啊？勾。」

靠著柱子坐下來、弓起一隻腳的二十多歲女性，把手指按在嘴上，強忍著不笑出來。

她身上穿的衣服，從大腿側面的中間高度開衩，是儘可能不讓行動受限的設計。衣服沒有袖子，兩隻手臂和肩膀裸露在外，感覺有點冷。肌膚白皙，但不是體弱多病的那種白，再加上肩膀單薄沒什麼肌肉，所以看起來比男性纖細。筆直的烏黑長髮還不到肩膀，頭一偏就會輕盈地搖晃。插在腰間的兩把武器叫「筆架叉」。她那雙蕩漾著沉穩光芒的眼眸，促狹地看著他們。

這就是十二神將之一的勾陣。跟紅蓮、白虎一樣，是安倍晴明手下的式神。用來占卜的六壬式盤上，記載著十二神將的名字，他們都是來自大陸的神。由動物、植物或紙張做成，供陰陽師使喚的假人稱為「式」，而被當成「式」使喚的神就稱為「式神」。

雙臂環抱胸前的勾陣，苦笑著對咚咚咚走過來的小怪說：

「它遇到撞飛逃逸事件，是小妖們把它扛回來的。」

「撞飛逃逸？什麼意思？」

凡是被拋飛出去就叫「撞飛」，而「逃逸」是指加害者消失不見了。

小怪半瞇著眼睛說：

「所以叫撞飛逃逸啊……」

有聽過被牛、馬撞飛，或是被牛車輾過，「撞飛逃逸」倒是第一次聽說。

嵬忍不住憤怒，氣得鳥嘴直發抖。

「做錯事卻不道歉就逃逸，不管有什麼理由，都太沒禮貌了！幸虧我是守護妖才沒事，如果是毫無力量的麻雀或燕子，不知道會有多悲慘呢！」

它的外表是烏鴉，卻有著不同於一般鳥類的思想。

昌浩坐在矮桌前的蒲團上，乖乖聽著嵬說話，因為愛聽不聽的態度恐怕會火上加油，把嵬惹得更生氣，他可不想這樣。

「怎麼可以放任那種混帳肆虐橫行！安倍昌浩，你不是宣稱會守護京城嗎？」

「宣稱?!我沒說得那麼偉大……」

「住口！你給我聽著，昌浩，降妖伏魔是你的天職，是你出生前就已烙印在你靈魂的天命，所以你才會成為陰陽師！」

「好誇張。」

「追捕那傢伙是你的任務！如果你力有未逮，就該使喚神將們完成任務！」

嵬挺直背脊，高聲宣告：

「要不然，教我怎麼安心回伊勢呢?!」

「啊，原來是這麼回事……」

昌浩虛脫地垂下肩膀。在後面聽的勾陣低著頭，肩膀不停地抖動。小怪愣愣地張大著嘴巴。大家總算搞清楚嵬要說什麼了。

燈台的燈火搖曳，蕊心嗞嗞作響。

把話都說完後，嵬才甘心地吁口氣，又想起什麼似的轉過身去。

它背對昌浩，轉頭看著他說：

「差點忘了，安倍昌浩，這是給你的信。」

看到綁在烏鴉背上的東西，昌浩瞪大了眼睛，眼眸中洋溢著喜色。

小怪向勾陣使個眼色，勾陣微笑著站起來，一把抱起了小怪。兩人悄悄拉開木門，走出了房間。

解下油紙包裹後，嵬稍微活動一下筋骨，就從矮桌飛下來，發出喀喀腳步聲向床鋪移動，靈敏地把外褂拉過來鋪平。

做成柔軟蓬鬆的床鋪後，嵬往上躺，滿足地閉上了眼睛。持續飛行這麼久，真的把它累壞了，途中還被不肖之徒撞飛，所以它有非常正當的理由好好休息。

才閉上眼睛沒多久，嵬就發出了規律的鼾聲。昌浩看看它，苦笑起來。

輕輕打開的油紙包裹之中，是一封信。

上面寫著收件人的名字，筆跡十分熟悉，線條柔和，像流水般優美。

信裡寫滿了漂亮、整齊的文字。

昌浩瞇著眼睛，在燈台的燈光下逐字閱讀。

外面的風很強。

小怪和勾陣躲著強風，進入了安倍家東北角的森林中。

這裡有特別的結界保護，不太受強風影響。

撥開草叢往裡面走，就會看到蒼鬱樹木所環繞的岩石，一個老人沉靜地坐在岩石上。

閉目而坐的老人握著枴杖，輕敲岩石。

「你們兩人難得會來呢！騰蛇、勾陣。」

坐在勾陣肩上的小怪說：

「是啊！你最近好嗎？天空。」

盤起長長的白髮、留著長長白鬚的老人，是他們的同袍神將天空。他穿著一襲仙人般的衣服，手拿枴杖，看起來很有威嚴，讓人敬畏。刻印著深深皺紋的臉上，全然沒有一般老人的虛弱感。

神將騰蛇與勾陣，分別擁有最強與第二強的龐大通天力量，面對天空卻怎麼也強勢不起來。老人是十二神將的統帥。

老人點點頭，淡淡笑著說：

「勾陣來還沒關係，騰蛇，你可以離開昌浩身旁嗎？」

小怪聳聳肩，甩甩耳朵。
是勾陣替它回答了天空。
「昌浩正在看從伊勢送來的信，我們還不至於那麼不識趣去打攪他。」
「原來如此。」
了解情況後，天空發出了低沉的笑聲。
小怪甩一下長尾巴，改變了話題。
「在伊勢的晴明有沒有說什麼？」
老人搖搖頭說：
「沒有，除非有急事，否則他不會找我。」
安倍晴明現在人在伊勢的齋宮寮。因為某些因素，要延後回京城的時間。
十二神將之中，有兩名跟隨著他，所以沒有人會擔心他的人身安危。
名為十二神將，就是有十二名神將，但是只有四名經常待在人界，其他神將都待在誕生時的異界。剛才白虎是察覺昌浩有難，才特地下來的。
這些神將們一聽到晴名的召喚就會立刻下來。但是到目前為止，小怪還沒聽說有同袍從異界下去伊勢。
天空閉著眼睛面對勾陣。

「勾陣，妳也很久沒下來人界了吧？」

勾陣點點頭。

「我聽到小妖們拚命叫喚昌浩，所以下來看看什麼事。」

「沒錯，叫得很急呢！」天空撫摸著鬍鬚。

小怪瞇起眼睛說：

「叫他？總不會是叫……」

「沒錯，就是叫『晴明的孫子』，叫得很開心。」勾陣說。

小怪嘆口氣，暗自慶幸是發生在昌浩回來前。

5

看完信後，昌浩呼地嘆口氣。

他仔細地把信摺起來，打開了沒有任何裝飾的木箱，裡面裝著好幾封信，紙張都跟昌浩手上那封信一樣。他把手上的信放進箱子裡，在闔上蓋子前，又看了一次收件人的名字。

上面端整地寫著：「安倍昌浩大人」。

從伊勢送來的信，跟平常一樣，寫著無關緊要的日常瑣碎話題，還有齋宮寮的生活。從字裡行間可以看得出來，她寫得非常用心，儘可能把所見所聞都鉅細靡遺地傳達給自己。

也有提到祖父晴明，還有跟隨祖父的神將們，以及脩子公主和她的侍女。

昌浩可以歷歷在目般，想像就是這樣、就是那樣。

文中情感洋溢，全心全意書寫的每一個字，都蘊涵著比文字更深的意境。

昌浩輕輕闔上蓋子，拿出全新的紙張，接著眉頭一皺，陷入了沉思。如果寫今天一整天發生的事，可以寫得很長，可是，回想起來都是很危險的事，不太適合寫在回信上。

而且更悲哀的是，他很清楚自己的字有多難看，所以每次回信，都寫得很辛苦。
他縮回正要伸出去拿筆的手，扭頭看呼呼大睡的嵬。
嵬第一次揹著包在油紙裡的信來到安倍家，是在昌浩回到京城大約五天後。
綿綿霪雨終於停了，藍天迫不及待地伸展筋骨。
那天，堆積的工作正好告一段落，難得放了一天假。
昌浩正在打掃房間、曬藏書時，嵬啪唦降落在他面前，耀武揚威地說：
「快給我回函！我必須盡快趕回我家公主身旁！」
昌浩和小怪愣了好一會，半天才開口說：
「什麼？」
看到兩人的反應，嵬的狂怒就像熊熊烈火，差點揹著信直接返回伊勢，是小怪拚死拚活拉住了它，這也是個不錯的回憶。
信的末尾署名「藤花」，因為很可能在寫信時被誰偷看到，或是送信途中不小心在哪裡弄丟了。
她是顧慮到這種種因素，才署名藤花，所以昌浩在信中提到她的名字時，也是寫「藤花小姐」。
這不過是用來守護重要事物的假稱，但只要是名字，都是最短的咒語。

在陰陽寮碰到二哥時，昌浩也是說藤花來信了。當有其他人在場或附近有人時，也可以堂堂說出她的名字，讓昌浩有些開心，因為她的真名絕對不可以說出口。

昌浩隔著衣服按住胸口。

那裡有從脖子垂掛下來的香包和出雲的勾玉，對昌浩來說，兩樣都是不可或缺的東西。香包是護身符，出雲石是用來增強靈力的道具，昌浩沒有它就看不見妖魔鬼怪。

包著伽羅香的香包，她身上也帶著一個。有時，他們兩人會互相交換。這個香包也救過昌浩不少次。

燈台的蕊心發出了微弱的聲響，火焰一搖晃，影子就跟著起舞。

昌浩嘆口氣，不經意地開口說：

「喂，小怪……咦？」

轉頭往後一看，才發現人統統不見了。他有聽見佔領床鋪的嵬發出的打鼾聲，但是，神將和小怪都很擅長隱藏氣息，所以他完全沒注意到他們離開了。

「去哪裡了？」

正想不通時，母親來叫他吃晚餐。

不只小怪，連勾陣都不見了，會不會是兩人有話要說呢？

昌浩這麼想著，走向了晚餐的餐桌。

天空盤坐的岩石後面，有個洞一直延伸到地底深處。
小怪站在洞口，望著看似通往黑暗深淵的洞說：
「這裡也沒有異狀嗎？」
「嗯，地脈穩定，雨也停了，人界可以說是天下太平。」
聽到天空那麼說，小怪甩起了尾巴，咻咻甩個不停的尾巴，好像在否定天空說的話。
「騰蛇，你覺得有什麼不對勁嗎？」
環抱雙臂的勾陣偏頭問。小怪坐在洞穴邊，看著同袍說：
「妳沒聽說昨晚有星星掉在行成家嗎？」
「沒有，現在才聽說。」
天空也點點頭，同意勾陣的話。他們最關心的是安倍晴明和他的家人，而晴明守護的府邸、土地，也都是晴明鍾愛的事物，所以他們也會傾全力守護。主人不在期間，萬一發生什麼意外就糟了，因此他們的注意力幾乎都在這上面。
若要簡單說明神將們的心境，那就是其他地方發生什麼事都與他們無關。
從地底襲來的風拂過了小怪的臉頰，小怪沉下臉，往後退了一步。風微溫又帶點黏膩，是它不喜歡的類型。光是地脈的波動，它還不覺得怎麼樣，是因為感覺到天敵的氣息，才讓它不悅。

盤坐的天空感嘆地望著天說：

「真稀奇，星星也會掉下來。」

「但也不是沒有過。」

「我們都覺得稀奇了，人類一定很驚訝。」

勾陣這麼回應後，發現小怪好像在思考什麼。

「騰蛇？」

「嗯——」兩隻前腳靈活地環抱胸前的小怪皺著眉頭，微微抖動著耳朵，嗯嗯低吟後，舉起右前腳說：「有沒有聽說星星散發著妖氣？」

天空皺起眉頭，勾陣也直眨眼睛。

「看來不尋常呢！騰蛇，詳細說給我聽。」

神將白虎沒進安倍家，直接來到森林裡。是主人不在期間，負責守護安倍家結界的天空找他來的。

他在天空旁邊現身，才發現同袍也在。

「怎麼連騰蛇、勾陣都在，不用陪昌浩嗎？」

剛才天空也提過相同的疑問。

「他正在吃晚餐，不會有事。」小怪回應。

白虎點頭表示了解，轉向天空說：「你找我來什麼事？」

天空把小怪說的強風與流星的事告訴他。說完後，勾陣以「附帶一提」做為開頭，補充說明寇不知道被什麼東西撞飛逃逸的事。

「只有風將可以在空中飛翔，白虎，你怎麼看？」

白虎的暗灰色雙眸朝天仰望。這座森林有天空的結界守護，感覺很平靜，但風的確有點強。

小怪神情嚴肅地說：「風真的很強，不時有住屋的屋頂被吹走，或是牛車被吹倒，要說這些事沒什麼大不了，也的確是沒什麼大不了，不過，風愈颳愈強了。」

白天只是偶爾颳起強風，現在是隨時都颳著狂風，就像颳起了不合季節的颱風。

起初，小怪也沒察覺風中蘊涵的氣息，只是事不關己地想，既然會帶給人類麻煩，最好能早點平息。自己也覺得麻煩後，開始對風感到生氣，可是想想跟大自然生氣也沒用，就那樣算了。

但是若跟妖魔鬼怪扯上關係的話，又另當別論了。

「昌浩對這件事有什麼看法？」白虎問。

小怪搖搖頭說：

「他還沒發現。我是集中全副精神才察覺到妖氣的，昌浩白天的工作那麼忙，要求他也察覺的話，未免太嚴苛了。」

所有人都嘆口氣。小怪說得沒錯，但神將們還是希望他能比他們更早察覺。他們心知肚明，這是下意識對老練的主人的接班人作出了同樣的要求。

神將們都知道時間有限，只是絕口不提，把這件事隨時埋藏在心底。

夕陽色眼眸掃過所有同袍。

「不過，風與妖氣都逐漸增強，在回家途中他卻沒有發現，的確太散漫了。我正在想，要找個適當時機好好教訓他一下，你們說呢？」

「沒有異議。」

白虎與勾陣異口同聲地表示同意。

天空將雙手放在膝頭的枴杖上。

「原來如此……除了殺機與敵意外，他的感覺已經遲鈍到跟一般人沒什麼兩樣了嗎？」

小怪斜站著，表情嚴肅。

「可以這麼說吧！因為他接觸過的妖魔或其他敵人都太強大了。」

當對方的力量強大到會威脅生命，昌浩就能十分敏感地捕捉到。但是，遇到巧妙隱

藏實力、儘可能不顯露出敵意或殺機的對手，或是力量沒那麼強的妖魔鬼怪，昌浩的感覺就沒那麼敏銳。再不磨練直覺的話，會有危險。

「這樣下去，他很可能被不怎麼樣的傢伙扳倒。要是狠狠給他一拳，他會不會清醒過來呢？還是把他推下哪個山谷比較快？或是把他丟在仇野③附近一晚？」

小怪這麼說的語氣，有一半是認真的。對了，晴明以前也有過跟小怪同樣的想法，而且真的採取了行動，結果讓昌浩一直記恨到現在。

聽小怪提起這件事，勾陣抿嘴笑了起來。所有人都把視線轉向她，她的烏黑眼眸帶著沉穩。

「沒什麼……我只是想到晴明以前也有過這種時期。」

被她這麼一說，大家才想起的確有過。

小怪用一隻前腳按住額頭說：

「喂，難道接班人一定要走同樣的路嗎？」

「不是一定要，只能說他們在這方面的本質很相似。」

白虎一本正經地回應，天空無言地點點頭。

小怪咳聲嘆氣地垂下肩膀，動動長耳朵。

勾陣轉頭對它說：「晚餐快吃完了，我們最好回去吧？」

「也對。白虎，事情就是這樣，你調查一下風的狀況。」

「知道了。」

白虎欣然答應，小怪搖搖尾巴表示感謝。

會跳上轉身離去的勾陣肩上，是因為樹下雜草長得太茂密，很難行走。

目送他們離開後，天空語氣沉重地問：「朱雀和天后怎麼樣了？」

他提起的這兩名同袍，因為某些因素，現在無法行動。

「朱雀快痊癒了，天后大半時間都還在睡覺。」

「是嗎？」

「不過……」

白虎忽然發出感嘆的聲音，老人把閉著的眼睛轉向他。

「她平靜多了呢！」

白虎說的是勾陣。有段時期，她激動得失去理智，情緒狂亂，沒有人敢靠近她。

雖居眾神之末，但他們畢竟是神將，卻被勾陣兇狠的模樣嚇到不由得想起人類的慣用語：「少惹為妙」。

她向來冷靜、客觀地觀察大局，所以誰也沒想到她會表現得這麼激動。而且在十二神將中，她又是擁有特殊戰鬥力的鬥將，龐大的通天力量僅次於號稱最強的騰蛇。

總而言之，就是誰也拿她沒轍，完全陷入無計可施的狀態。

某天她卻突然平靜下來了。後來才聽說，就是在昌浩回到京城那天。

當時，白虎因為種種緣故而動彈不得，所以不太清楚發生了什麼事，只知道那股狂風般的奔流戛然而止，沒多久後，完全恢復平靜的勾陣就出現在同袍面前了，讓他十分訝異。

但是沒有人深入追究，也沒有人特意提起這件事。

由此可見，勾陣平時深藏不露的兇將本性有多可怕。

「天空，你知道的話請告訴我，她怎麼會變成這樣？」

「我也沒親眼看見。」

「哦。」

「聽說是騰蛇去還東西時，對她大喝了一聲。」

「大喝一聲？」

「沒錯，勾陣自己說，被大喝一聲，她就清醒過來了。」

但是天空只聽說這麼多，至於兩人之間對話的實際情況，他就不得而知了。

白虎佩服地吁了口氣。「他現在還真會照料人呢！這都是昌浩的影響吧？」

天空淡然一笑說：「真的呢！相差太多了，很難想像以前的騰蛇會這樣……」

吃過晚餐後，昌浩回到了自己房間，看見小怪正忙著把卷軸捲起來，不由得鬆了口氣。雖然還沒到不安的程度，可是，平時跟在身邊的人突然不見了，難免會有少了什麼的感覺。

昌浩從早上倒塌的書堆中拿起最上面的一本書，在燈台下攤開。這是他最近剛開始閱讀的大陸書籍，漢文中穿插著不少圖解。

聽說這些都是祖父畫的，祖父不但筆跡端整，容易閱讀，也很擅長畫圖。而且，他身為陰陽師的實力，也是從年輕的時候就備受推崇，有不少人私下委託他製作咒符，可見他的咒符多有效。

昌浩訂定的目標，就是要成為超越安倍晴明的陰陽師。

更之前的目標，是成為不傷害任何人、也不犧牲任何人的最頂尖陰陽師。

而今，昌浩終於知道那是絕對不可能的事。之前還不清楚身為陰陽師的現實面，才會說那樣的話。現在，昌浩都知道了。

儘管如此——

剛回到京城時，昌浩還是這麼告訴小怪。

——不過，小怪，我還是想成為儘可能不傷害任何人、不犧牲任何人的最頂尖陰陽師，我要努力做到。

小怪把夕陽色眼睛撐開到極限，直直看著昌浩，眼睛連眨都忘了眨地盯著他好一會，才喃喃說道：「這樣啊。」昌浩回應它：「嗯。」

對話就此結束，因為小怪覺得多說無益，沒再講什麼。

靠著柱子的勾陣合抱胳膊，輕輕閉著眼睛，她不是在睡覺，只是儘可能不去打擾昌浩。小怪也忙到一個程度後，就在稍微離開昌浩的地方縮成了一團。

回京城後，每天晚上都是這麼平靜地度過。昌浩默默看著書，看到差不多時間就上床睡覺，一閉上眼睛就墜入夢鄉，張開眼睛就天亮了。

日子過得非常有規律，可能是這樣的生活起了作用，昌浩這個月就長高了一點，因為有正常吃、正常睡。現在正是想長得跟哥哥一樣高的年紀，不過還不至於想長到像神將一樣高，他們畢竟不是人類，若長到像他們那麼高，就像故事書裡出現的鬼，有點太高大了。

「啊，對了……」

有個人雖然是人類，卻長得跟紅蓮差不多高。是他不怎麼想見到的人，感覺每次見到那個人，就會被捲入什麼麻煩裡。

正想著這種事時，堆在旁邊的書就砰地掉了一本下來。

「哇！」
昌浩心頭一驚，不由得縮起了身子。說是偶然嘛，掉落的時間點也未免太湊巧了，讓他不禁懷疑那個人是不是就在附近。
掉落的是一本《日本書紀》，這是他想重看一次，最近才從祖父的書庫拿出來的書。《古事記》就堆在這本書的旁邊。
「記紀」很重要。這個國家有八百萬神明守護，什麼神在什麼情況下會出現、坐鎮於哪裡、擁有什麼力量、是什麼性情，都要熟知，否則很難請求祂們的協助。
昌浩這才想起，回來後還沒有去拜訪過守護京城北方的神明。
原本打算穩定下來再去的，就一直拖到現在了。
昌浩把《日本書紀》放在矮桌上，走到外廊上。晴朗的夜空中星光閃爍，連遠處都隱約可見。聳立於京城北方的山脈，隱藏在夜的黑暗裡。
他把手舉到額頭上，定睛眺望。
「可以等到下次休假再去吧？」
風真的很強，連要推開木拉門都有點費力。
難道是京城颳起了非季節性的暴風？
正這麼想時，他聽見了微弱的吶喊聲。

——……還……！

一時之間，昌浩不禁懷疑自己的耳朵。

「咦？」

他疑惑地皺起眉頭，環視周遭。

已經進階到暴風的強風，幾乎就要把庭院的花木吹倒了。

遮蔽星光的雲朵連一片也沒有，全都被風吹走了。

他側耳傾聽，只聽見風的呼嘯聲、樹木的傾軋聲，聽起來就像在哀號。

剛才那是什麼？是誰的聲音？在說什麼？聽不清楚內容，太遠了。

焦躁攪亂了他的心。聽起來好遠。若是平時，應該可以聽得更清楚才對，現在卻像透過水或布一般模糊。

——……來……！

「在說什麼？」

昌浩瞇起眼睛，屏氣凝神。風好吵，拍打著臉、拍打著耳朵，像刺穿昌浩的耳朵般呼嘯而過。

煩躁的表情變得陰沉。噪音好大，聽不清楚。

拚命豎起耳朵聽了好一會的昌浩，抓住了高欄。

「唔啊啊啊！風是大混帳！」

他以不輸給風的聲音吶喊著，焦躁地甩動手臂。雖然這麼做風也不會停，可是他已經被攪得心慌意亂了。

「哇啊啊啊！」

這麼鬼吼鬼叫時，小怪聽見了，木然地走出來說：「你在做什麼……」

昌浩氣不過地對半瞇著眼睛的小怪說：「都是風不好，害我聽不見！」

「哦？」

小怪歪著頭，聲音出奇地平靜。

「是風不好嗎？」

昌浩正要本能地頂回去時，忽然猶豫地沉默下來。

他只說風害得他聽不見，沒有說聽不見什麼。

然而，小怪卻沒有追問。

狩衣的下襬被風吹得鼓脹翻騰。

昌浩心中有種說不出來的突兀感。

回京城後的這一個月，他的周遭非常地安靜。以前，小妖們會來找他，大喊他不想聽的稱呼，把他叫出去。

要不然就是會不經意地看到無害的小妖或幽靈，在皇宮裡晃來蕩去。

「咦……」

為什麼都沒注意到呢？

昌浩的周遭一片靜寂。明明有看不見的東西、聽不見的聲音，卻完全逃過他的直覺，靜悄悄地浮現，又消失得乾乾淨淨。

不是看不見。只要神將們現身，他就看得見；京城處處可見小神社，他也可以感覺到坐鎮在那裡的神明的神氣。但是除此之外，他什麼也感覺不到。

昌浩指著自己眼睛的地方，茫然地囁嚅著：「我……是不是……變遲鈍了？」

小怪猛甩一下尾巴說：

「我不知道用遲鈍來形容妥不妥當，不過，差不多就是那樣。」

驚慌失措的昌浩，視線在半空中飄移。

他看得見小怪。可是，小怪是不管怎麼樣都會讓昌浩看得見自己，所以不能拿它當標準。

勾陣站在木拉門前。她也可以隨意調節神氣，決定要不要讓人看見她，所以也不準。

昌浩隔著衣服握緊胸前的出雲石。怎麼辦？如果有這東西還是看不見，該怎麼辦？

小怪從昌浩蒼白的臉色猜出他在想什麼，嘆口氣搖搖頭說：

「喂，不要想得那麼嚴重，不是你的靈視能力消失了。」
「可是……」
「冷靜點。」
小怪嚴厲訓斥，讓昌浩閉上嘴巴。人在心慌意亂的時候，話說得愈多，情緒就愈不穩定。
看起來焦躁不安的昌浩，充分顯露還在成長中的陰陽師的不成熟。今後，恐怕還會不時發生這種事。
這是他必須跨越的層層關卡。

小怪的陰陽講座

③平安時代的風葬地以及火葬場，位於京都市右京區嵯峨、小倉山麓附近的原野與東山的鳥邊山，並稱「仇野」。

6

風的呼嘯聲拍打著耳朵，連一般對話都聽不清楚，但三個人還是沒離開外廊。

「聽我說，昌浩。」小怪跳上高欄，拉近與昌浩的視線高度，仰望天空接著說：「在這之前，你遇到的對手都很厲害，所以靈力飛躍式成長，也累積了實戰經驗。只是，我懷疑這些是否已成為了你身體的一部分。」

昌浩瞠目結舌，沒想到會聽到這種話。

「你心中應該也明白，不管多強大的法術，任何人都可能做到一次、兩次。甚至連外行人，只要學會方法，都有可能做得到，起碼會成功一次。不過，以生命做為代價的話，就不能來第二次了。」

昌浩默然點頭。

「這個月你吸收了不少知識，卻疏忽了實踐。」

「你是說……？」

小怪要說的話，昌浩好像知道。可是當被問到是什麼時，如果說不清楚，就不能說是知道。

2012年2月13日 【萬城幻遊】第柒期

萬城

出版發行◎皇冠文化集團　地址：台北市敦化北路一二〇巷五十號　電話：

《鹿男
萬城目
偉大

•時　間：3

•地　點：台

•注意事項

1.當天18:30起

取號碼牌，

2.講座結束後

新書與一本

時　間：

該怎麼說才好呢？小怪思索著，該怎麼告訴拚命想跟上自己的昌浩？它自知不擅長這類的說明，但是，現在若不喚醒昌浩的自覺，真的很危險。

小怪面色凝重，思索著最恰當的措詞，勾陣倏地靠近它說：

「昌浩，騰蛇想說的應該是這些話。」

昌浩與小怪都把視線投向勾陣，她深思遠慮地說：

「以前，你都是靠危險關頭激發出來的潛力，彌補你缺乏的知識、力氣與靈力。」

「嗯……」

的確是這樣，但不知道為什麼，昌浩有股強烈的無力感。

「那是因為你有與生俱來的感覺，才能做得到……現在，這個感覺卻成了你的阻礙。」

「咦？」

昌浩屏住了呼吸，小怪點頭表示贊同。

「因為你試著依照正規知識去看、去聽，花了很多不必要的力氣，反而攪亂了你的感覺。」

「啊……？」

小怪與勾陣面面相覷。勾陣環抱雙臂，思考措詞。小怪靠後腳直立起來。

「也就是說，」小怪舉起前腳，直截了當地說：「以前你都是靠自然湧現的感覺，

現在硬是加入知識，反而不知道該怎麼聽、怎麼看了。」

「啊，原來如此——咦？」終於聽懂點頭的昌浩，又皺起眉頭說：「什麼？你們的意思是，我努力用功反而攪亂了感覺？」

「對。」

兩人異口同聲地回應，小怪還補充說：

「而且，你以前遇到的對手都太過強大，所以遇到弱小的對手時，反而很難啟動你的感覺。就這點來說，你的感覺的確變遲鈍了。」

在目前的狀態下，面對妖力低於某種程度的妖魔，昌浩的靈視能力就起不了作用。

昌浩抱頭苦思。「這該怎麼辦呢？」

小怪仰望星辰。

「只要能掌握感覺，就能恢復原狀。但是，我們沒辦法教你怎麼做。基本上，人類與十二神將相差太遠了，不能拿神將做為參考。」

說得沒錯。

「接下來只能靠你自己想起來。起碼，你現在聽得見了。」

「咦，聽得見什麼？」昌浩不解地問。

小怪指著天際說：「你剛才不是聽見了什麼卻聽不清楚，才那麼煩躁嗎？也因此才

發現自己的感覺遲鈍了。」

說得也是。

昌浩儘可能側耳傾聽。這麼一聽才發現，真的有隱約可以聽見的聲音；不只聲音，風中還潛藏著什麼氣息。

為什麼之前都沒發現呢？明明這麼清晰，應該早就注意到了。

昌浩不禁啞然失言，小怪甩甩耳朵說：

「不過……」

勾陣和昌浩都轉向小怪，小怪的眼神變得嚴厲。

「你竟然拖到現在才發現，而且在我們沒告訴你之前，你還完全沒有自覺，怎麼會這樣呢？這樣真的可以成為超越晴明的最頂尖陰陽師嗎？」

「……」

昌浩無言以對。

「你有點出息嘛！晴明的孫子。」

「……」

這回，昌浩完全無法反駁。

振作起來，集中精神去聽，果然勉強聽見了潛藏在風中的聲音。

「怎麼樣？」

「嗯，聽見了，有人說『還來』。」

小怪不解地複誦：「還來……？還什麼？」

「不知道，只是叫著還來、還來、還來、還來，叫得很急。」

聲音與風的強度成正比，逐漸增強。

調整呼吸摸索來源，就感覺到從未遭遇過的妖氣漩渦。

說妖氣，還不如說是魔氣更來得貼切。

正這麼想時，視野角落閃過了流星。

從昨天開始，流星就特別多，很可能像落在行成家那樣，也在其他人家造成損害。

昌浩解開髮髻，把頭髮紮在背後，戴上手套，備好護身符。快到秋末了，但還沒冷到需要穿太多衣服。

「好，準備完畢。」

為了安全，他熄掉燈台上的燭火才離開房間，穿上了平常擺在外廊的鞋子，走下庭院，經過樹叢，爬上圍牆前的樹木。

「嘿喲……」

「小心點，別掉下去了。」先跳上圍牆的小怪說。

昌浩對它點點頭，抓住圍牆往上攀爬，從牆上跳到土御門大路。

風轟隆隆地吹著，已經變成暴風了。

不知道所有的房子安不安全？包括自己的家。

昌浩不安地回頭看自己家，小怪舉起前腳對他說：

「有晴明跟天空的結界，不用擔心。」

「嗯，可是爺爺好久不在家了……」

小怪嗯地沉吟了一會。

「結界本身是靠道具佈設的，只要道具沒問題，就不會有事。不過晴明不在，靈力可能支撐不了多久，但是天空特地為此下來了，應該不會有事。」

「說得也是。」

昌浩對神將天空不太了解。常聽神將們提起他，所以感覺很親近，其實昌浩從來沒有見過他。

「小怪，天空是怎麼樣的人？」

「『神將不是人』這種低俗的玩笑，我就不說了。」

「多謝了……」

昌浩半瞇起眼睛，小怪瞄他一眼說：

「一言以蔽之就是可怕。」

「可怕？」

「種種意思的可怕，我和勾陣的通天力量都比他強……可是，我說的不是這方面的可怕。」

「哦。」

昌浩大概知道小怪想說什麼，可是很難用言語形容。

「對了，有點像晴明現在的樣子。」

「現在」這兩個字引起了昌浩的好奇，到底是什麼意思呢？

「什麼意思？」

小怪甩甩耳朵，眨眨眼睛說：

「就是字面上的意思啊，因為晴明剛收我們為式神時，還是個自以為是的狂妄小子。」

「……」

昌浩不禁懷疑自己的耳朵，不知道小怪說的是誰。

「咦？」

他表示疑問，小怪戲謔地說：

「就是很叛逆，對什麼都不屑一顧，完全就是個狂傲的臭小子。」

昌浩傻住了。小怪現在說的人應該是他的親祖父，也就是人稱「大陰陽師」的安倍晴明，可是，跟他知道的晴明形象未免差太遠了。

看到昌浩翻白眼的樣子，小怪抿嘴一笑說：

「喂，晴明可不是一出生就是老人，你所知道的晴明，是你出生後這十多年的晴明。」

昌浩屏住了氣息。

有時會有種錯覺。因為他出生的時候，安倍晴明就已經是大陰陽師了，所以對他而言，晴明一直都是年老卻擁有驚人實力的壓倒性地位，也是最頂尖的陰陽師。

昌浩配合小怪閒散的步調往前走，喃喃地低聲說道：

「爺爺也失敗過嗎？」

「是啊。」

「也會好高騖遠而失敗？」

「會、會。」

「這樣啊……」

昌浩微低著頭，緊緊抿住嘴巴。

小怪會刻意提起晴明的事，是因為看透了假裝不在意的昌浩，內心其實很沮喪。

拚命用功想彌補不足的地方，卻因此失去了原本已經培養起來的能力。這樣的結果，讓昌浩覺得離自己的理想愈來愈遠了。

他的內心非常焦急。他的目標是成為超越安倍晴明的陰陽師。他想超越的不是年輕時候的晴明，而是現在在他眼前的那個大陰陽師。

小怪早看透了他在想什麼，所以想藉此鼓勵他。

昌浩的嘴角浮現了苦笑。

「小怪……」

「嗯？」

他在心底喃喃說著「你對我真好」，嘴巴卻講出不一樣的話。

「跟我講那麼久以前的事，爺爺會罵你吧？」

小怪笑笑說：

「不會吧，他跟某人不一樣，度量沒那麼狹小。」

「是嗎？」

昌浩覺得它在指桑罵槐，半瞇起眼睛，小怪咯咯地輕笑起來。

從旁拍打過來的暴風急遽而強勁，昌浩有些踉蹌，趕緊站穩了腳步。小怪則被風吹得飄浮起來。

「小怪！」

昌浩抓住了它的尾巴。

風愈來愈強。昌浩一手抱著小怪，一手舉到額頭上遮風，確認方向。

他們是從西洞院大路往南走，差不多快到三条大路了，這附近有很多貴族宅邸。藤原氏的大老藤原道長的東三条府，也在這個區域。

左大臣道長與昌浩有不淺的淵源。不，或許應該說是跟晴明，而不是跟昌浩。道長十分仰賴晴明，時常重用晴明的能力。

「不知道道長府上有沒有事！」

「他沒有通知陰陽寮，可見目前應該沒事吧！」

由於風聲太大了，兩人的對話幾乎是半吼叫的。

暴風中飄蕩的妖氣濃度分分秒秒地增加。雖是妖氣，卻跟以前遇過的種類都不一樣。

──……還來……！

從家裡出來後，一直聽到這個聲音。低重深沉，回音繚繞，宛如隨風傳遍了整個京城。

還來？要還什麼？還給誰？

如果能見到聲音的主人，就可以問個清楚了。

忽然，小怪抬起頭，扭轉身體大叫：「昌浩，上面！」

昌浩驚訝地揚起視線。

星星閃爍的夜空中，劃過了好幾道白光。就在他們吸氣的剎那間，星星往他們腳下墜落。

緊接著，是遮蔽了星星的變形團塊。

昌浩瞪大了眼睛看著。從家裡出來時，他就對自己施行了暗視術，所以看得跟白天一樣清楚。

映入眼簾的是木紋——折斷、破裂了的圓木頭。

他愣愣地喃喃說著：「屋頂？」

那東西正朝著昌浩墜落而下。

昌浩張大嘴巴呆呆看著，小怪從他手中溜了出來，接著一腳把他踹倒。

「哇！」

昌浩跌得四腳朝天，小怪在他身旁落地，屋頂的缺塊也在這時候掉到地上。

塵埃飛揚，倒地的昌浩啞然看著這光景。

忽然，感覺到後方有一股像針般刺人的視線，他抬起頭，反射性地站起來。

星星往下墜落，白光閃爍，就在逼近眼前時，一雙翅膀在空中伸展開來，遮蔽了星光。

拍振的翅膀掀起龍捲風，拍打著昌浩與小怪。

昌浩抵擋不住，重重往後摔在地上。黑色翅膀用力拍振，使龍捲風轉動得更快、更劇烈。

鮮紅的鬥氣在視野一角迸開。燃燒的紅色火蛇在風中搖曳，眼看著就要粉碎四散了。

昌浩正用手肘撐起上半身時，修長的身影擋在他的前面。

「紅蓮！」

纏繞著手臂的絹布被鬥氣和風吹得騰空飛舞，紅蓮的深色頭髮也在風中飄揚，昌浩看不見他的表情。

但是，從背影可以看出他的憤怒。

昌浩越過他的肩頭，抬頭往上看，不由得嚥了口口水。

他在書中見過它們，也有關於它們的知識。它們住在山裡，從不下山。

它們的體格比人類稍微高大，身上穿的衣服都是胚布，外頭還穿戴青銅色盔甲，手腕與小腿戴著連環甲。背上有猛禽般的巨大翅膀，臉上戴著面具。

瞬間，這喚醒了昌浩的記憶。在他最近讀過的書籍中有提到來自大陸的伎樂④面具，它們的面具很像其中一種「治道面具」——紅臉，而鼻子特別高。

心臟撲通撲通跳得很快，耳中淨是喧噪的心跳聲。從風裡出現的妖怪們，一直把自己的身影與真正的力量隱藏在風中。

昌浩握起拳頭，努力使呼吸平緩下來。
風中充斥著刺骨的強勁妖力。
紅蓮凝視著妖怪，緩緩開口說：「天狗來京城做什麼？」
冷漠的語氣，顯示他壓抑著憤怒。它們突然出現，又用妖氣龍捲風撞人，要是被當場反擊也無話可說。
天狗們在暴風中拍打著翅膀，目光兇狠地瞪著眼前的紅蓮與昌浩。
腰間佩帶刀劍的天狗，以透過面具也感覺得到的憤怒大喊：
「不要裝了，卑鄙的人類使魔！」
紅蓮的眉毛顫動了一下。
「滾開！我們要找的是那個小鬼！」
纏繞著紅蓮的火焰鬥氣，逐漸從鮮紅變成了帶藍的紫色。
他用毫無抑揚起伏的語調說：「你們找他做什麼？」
「還用問嗎！當然是讓他為他的惡劣行為付出代價！」
紅蓮不作聲地舉起了手。昌浩大驚，慌忙站起來大叫：「紅蓮，不可以！」
才剛叫完，就出現了白火焰龍，紅蓮的嘴角浮現淒厲的笑容。
「你們休想！」

白火焰龍無視狂亂的風，襲向了天狗群，火勢卻被風層層削弱，火焰四散飛舞。

昌浩想抓住紅蓮的手臂，但鬥氣熱得無法靠近。他只好繞到紅蓮前面，對著天狗怒吼：「快把風停下來，不然火會……」

天狗冷冷地低頭看著人類小孩，更猛烈地搧動風勢。

「卑鄙齷齪的人類居住的京城，最好燒成灰燼！」

它們在面具下的眼睛中，燃燒著熊熊怒火。

昌浩回頭對紅蓮說：「紅蓮，快消滅火勢！你要燒了京城嗎?!」

鬥氣形成灼熱的漩渦。眼看狂亂的火焰就要擴散開來，昌浩結起刀印，畫出五芒星，再橫向一直線揮過。

「禁！」

扭擺的火焰被五芒星的光芒困住、消散了。

從上空看到這情景的天狗們，釋放出來的妖氣為之一變。

十二神將最強的火將懊惱地咂咂舌，灼熱的鬥氣默默地縮了回去，飛散的火焰也無聲地熄滅，被天狗的風吹得無影無蹤。

昌浩鬆了一口氣。紅蓮的雙眸是金色，表示他還沒有使出全力。

可能的話，最好在紅蓮真的被惹毛之前，跟天狗們好好談談。

「喂，你們為什麼……」

昌浩才剛開口，一個天狗就架上弓箭，射向了他。

箭頭快刺進昌浩眉間時，從後面伸過來的手抓住他的衣領，把他拉開了。不能呼吸的昌浩呻吟幾聲，開始猛咳。被放開後，他雙膝著地跪下，邊咳邊抬起頭，就看到妖氣與鬥氣正在對峙中。

天狗們對昌浩散發出強烈的敵意，強烈到讓昌浩覺得不對勁。

射箭的天狗放話說：「人類小鬼，你帶著使魔，證明你就是異教法師！再加上你剛才使用的法術，可見就是你對我們總領的獨子施行了異教法術！」

「不……不是……」

剛才受到壓迫的聲帶無法發揮正常功能。昌浩搖搖晃晃地站起來，又被強風襲擊，紅蓮及時抓住了差點失去平衡的他，那粗率的動作，讓昌浩背脊發涼。

紅蓮生氣了。

「他雖是異教法師的使魔，但功力不可小覷。」

天狗們對紅蓮的通天力量提高了警覺，彼此交換個眼神。

「幼稚的異教法師！」

「你不但對總領的獨子施法，還奪走了他，我會讓你知道這是最愚蠢的行為！」

天狗們的翅膀發出陰森可怕的拍打聲，白色光芒籠罩著它們的身軀。

「四天，限你四天之內，把那孩子還給我們。」

「否則，異教法師，這個骯髒齷齪的人類京城將會因為你的愚蠢行為，被摧毀得片瓦無存。」

「還來。」

「還來。」

「還來。」

手握著弓箭的天狗再度將箭架上，這次的目標不是昌浩，而是紅蓮。

「把我們的疾風公子還來！」

射出的箭一直線飛向紅蓮眉間。紅蓮將箭擊落，豎起了眉毛。

天狗們變成星星，騰空飛翔，並吹起狂亂的風，纏住了昌浩。

「哇！」

瞬間，火焰鬥氣將龍捲風彈開了。

昌浩一屁股跌坐在地上。

洪亮低沉的聲音穿過他的耳朵。

「你待在這裡。」

「什麼？」

當昌浩抬起頭時，修長的神將已經追尋天狗們的軌跡揚長而去了。從他的背影，可以看出他還怒氣沖天。

「紅蓮！」

但他已聽不見叫聲了。

該不該追上那轉瞬就不見蹤影的紅蓮呢？

昌浩不知如何是好。

這是他第一次看到天狗，也是第一次在這種狀況下被留下來。既然紅蓮叫他待在這裡，那麼為了避免彼此錯過，他最好待在這裡不要亂跑。

風還是那麼強勁，吹得沙子漫天飛舞，嘴巴和喉嚨都有沙沙的感覺，昌浩用袖子掩住嘴巴，咳嗽了好一會。

「唔……」

大氣中依然妖氣彌漫，天狗們的「還來」的怒吼，在昌浩耳邊不停地回響繚繞著。

這聲音不只是自己聽得見吧？

凡是有點通靈能力的人，應該都會不自覺地聽進去。

話說回來——

「……異教法師？」

昌浩兩眼發直。開什麼玩笑，安倍家可是歷史悠久的陰陽師世家呢！不但在宮中被認可為陰陽師，也確實是靠「陰陽師」這個行業為生。

異教法師是指使用異教法術的術士，而異教法術是指魔道法術。

不只安倍家，所有陰陽師都不會使用異教法術。只有墜落魔道的術士，會使用魔道法術。

所謂「魔道」，正如字面意思，就是魔道，指那些與妖魔鬼怪談條件，以活祭品或生命換取能力，讓法術成功的人。

「……」

昌浩咬住下唇。那些墮落的人所使用的法術，就叫異教法術。之前，他完全無法理解那些人，現在好像多少有點了解了。

有人是自願墮落魔道，有人是在不自覺中墮落了。

昌浩想要變強，想變成最頂尖的陰陽師，這是崇高的志願，但是他太過逼迫自己，把自己逼入了絕境，說不定會因為過度急躁而誤入魔道。

若不知道那種可怕，就會輕易墮落。

人類動不動就會墮落，而且脆弱得驚人，卻又堅強得可以帶著這些缺陷再爬起來。

不過，他的狀況與那種情形是兩回事。

「我沒有使用異教法術，也沒有綁架天狗啊——！」

吶喊聲消失在風中。啊！太生氣了，沒有比被誣賴更教人生氣的事。

颼颼狂颳的風毫不留情地打在肌膚上，好痛。

怒目橫眉的昌浩忽然眨了眨眼睛，往旁邊移動了五步。

於是——

「哇！」

無數的小妖從天而降。

小怪的陰陽講座

④伎樂是古代日本寺廟法會上演的一種舞蹈劇，演員戴著面具，表演時不說話、不出聲。

7

掉下來的小妖們啪吵啪吵地層層重疊。

昌浩在離它們三步遠的地方看著這情景。

小妖們全都轉了向他。

「你怎麼這樣嘛！」

「不要閃開嘛！」

「居然這麼從容地閃開了。」

「而且看你那表情，就知道你連我們會被風吹偏都算到了！」

「你是怎麼了嘛，晴明的孫子！」

「晴明的孫子！」

昌浩把嘴巴撇成ㄟ字形，半瞇起眼睛盯著小妖們，好像在思索什麼。

都這麼久沒遇見了，就回它們一句吧！

「不要叫我孫子。」

「……」

小妖們注視著昌浩一會後，圍在一起唧唧咕咕地討論起來。

看到這樣，昌浩又開始思考自己該怎麼做。

最好是待在這裡等紅蓮，可是風這麼大，連站都站不太穩。如果小妖們要一直待在這裡，還是請它們轉告紅蓮，自己先回家吧？

正望著天空思考的昌浩，看到繁星中有個身影。

定睛一看，那個身影逐漸擴大，翩然降落在他面前。

「你在這裡做什麼？昌浩。」神將白虎疑惑地皺起眉頭，環視周遭說：「騰蛇沒跟你在一起嗎？」

風轟隆隆地吹過，白虎眉頭一皺，在昌浩與自己周圍築起了風的屏障。

不愧是風將，昌浩深感佩服。

不斷拍打著身體的風停了，昌浩呼地鬆了一口氣。在露天下吹風，吹得肌膚都冰涼了。

儘管還是秋末，氣溫還不算太低，但一直在露天下吹風，體溫還是降得很快。

當他自覺到很冷時，身體開始打起哆嗦來。

牙齒沒辦法咬合，發出嘎嘰嘎嘰的擦撞聲。看到昌浩雙手抱住身體，嘎答嘎答抖個不停，白虎也慌張了起來。

「你還好吧？昌浩，騰蛇跑哪兒去了？」

「紅、紅蓮、去、去追、天狗、了。」

嘴巴抖得無法控制。

白虎揮揮手說：

「好了，不要勉強說話，會咬到舌頭。是騰蛇自己把你丟下來的吧？」

應該不是被強行拆散，或不想丟下他，但因為某些理由而被迫丟下吧？

昌浩邊發抖邊點頭。

白虎轉向小妖們。

「你們還會待在這裡嗎？」

一隻小妖回答說：

「我們沒什麼特別的事要做，如果你要我們待在這裡也可以。」

「騰蛇應該還會再回到這裡，你們幫我轉告他，昌浩冷得直發抖，都不能動了，所以先跟我回家了。」

「就是那個式神，對吧？交給我們吧！」

一隻小妖拍著胸脯說，其他小妖都跟著點頭。

「就說孫子被式神帶走了，對吧？」

這麼說是沒錯。

「嗯……就這麼說吧！拜託你們了。」

蘊涵著神氣的風包住了白虎和昌浩。嘎答嘎答發抖的昌浩向小妖們揮手道別，小妖們嘰嘰喳喳地喧鬧著，也開心地向他揮手。

風騰躍升起，兩人在黑夜裡凌空飛翔。

小妖們一直揮手揮到看不見為止，然後嘆了一大口氣。

接著不知道是哪隻小妖先開口說了話。

「啊……啊。」

「已經不行了吧！」

正沮喪地垂下肩膀時，板著一張臭臉的紅蓮回來了。

沒看到昌浩，卻出現了一堆小妖，他嚴厲地看著小妖們。

「昌浩呢？」

無數隻手指向了天空。

「來了一個式神，把他帶走了。」

「式神？」

「對，會飛的式神。」

紅蓮仰頭朝天。會飛的是風將，其中一個在遙遠的地方。

因為拜託他調查風的狀況，所以他正到處查探吧？應該是湊巧遇到昌浩，就飛下來了。

「他好像冷得嘎答嘎答發抖。」

「因為在露天下吹風，太冷了。」

紅蓮眨了眨眼睛。

「昌浩很冷？」

「是啊！抖成那樣好可憐。」

回想起來，風的確很冷。秋天都快結束了，再過幾天就入冬了。

紅蓮撩起前額的頭髮，嘆口氣說：

「真糟糕。」

十二神將對冷熱沒什麼感覺，所以幾乎不受影響。不管待在極寒或灼熱的地方，都不會有人類那麼明顯的反應。

不過，既然是被白虎帶回去，就沒問題了。他應該不會再獨自外出，即使外出也會有白虎或勾陣隨行。

既然如此，就再多調查些天狗的事吧！

紅蓮轉向小妖們。

「喂，我有事問你們。」

「在你問之前，我們也有事告訴你。」
經常出現在安倍家的三隻小妖站出來做為代表。
「什麼事？你們是猿鬼、獨角鬼和龍鬼吧？」
三隻小妖站在俯瞰它們的紅蓮面前，儘可能地伸直了背脊。它們的名字是目前不在京城的溫柔女孩為它們取的。
「剛才我們大家決定了一件事。」
「我們以後不再壓扁他了。」
紅蓮目瞪口呆。
這些傢伙總是成群結隊出現，壓扁正在夜巡的昌浩，以此為樂。不管昌浩怎麼抗議、怎麼發怒，它們都不當一回事，依然故我地壓扁他。
現在卻這麼說。
「這到底是怎麼回事？」
猿鬼抓著臉頰說：
「就想……他畢竟是個陰陽師。」
「孫子是晴明的孫子，所以還是孫子，可是……」
「可是我們老捉弄他，他會被人瞧不起。」

三隻小妖說完，其他小妖都跟著點頭。

昌浩是陰陽師，跟它們不是處於對等地位。以前的昌浩沒什麼自覺，可是現在的昌浩有根本上的部分改變，正要邁向陰陽師的正確之路。

陰陽師不是妖魔的朋友。陰陽師可以向妖魔們表示敬意，但不能跟妖魔站在對等的地位。若試圖站在對等地位，就會被心懷不軌的妖魔乘虛而入。陰陽師只能裝出表面上的對等，在精神上必須處於優勢。

然而，只有少部分人可以做到這樣。得不到妖魔們認可的陰陽師，就不能建立這樣的關係。

小妖們不信任大半的陰陽師，因為他們無法區別有惡意的妖魔與無害的小妖，所以小妖們會看情形採取行動。

小妖們只敬重值得它們尊敬的陰陽師，以安倍晴明為首的安倍家族陰陽師們，都深得它們的信賴。晴明的兒子吉平、吉昌，與它們之間的相處都是這樣彼此敬重，而他們的孩子也都是。

昌浩現在也不會鄙視小妖們或輕視它們。他可以維持這樣的心態，但是，小妖們必須改變。

不管何時，小妖們都應該對有能力、有心的陰陽師表示相對的敬意。

「不過，這不代表我們從此不去他家了。」
「對、對，去他家玩是我們的自由。」
「一直以來，晴明、吉昌也都允許我們這麼做。」
紅蓮嘆口氣說：
「隨便你們，只要安倍家的主人說好就好，除非有什麼特殊狀況，否則我們式神都不會干涉。」
「不愧是式神，很好溝通。」
小妖們嘰嘰喳喳地喧鬧著，紅蓮瞇眼看著它們。
「隨你們怎麼說，對了……」
紅蓮話鋒一轉，小妖們的表情立刻緊繃起來。
「颳起這陣風的是天狗，你們知不知道它們是從什麼時候開始暴動的？」
紅蓮稍作停頓，視線掃過小妖們。
「你們住在京城的各個地方，這種事你們最清楚了。」
嘎答嘎答發著抖的昌浩，在喝完勾陣替他準備的藕粉湯後才緩和下來。
「這可以暖身呢！」

可能是冷過了頭，猛吸鼻子的昌浩看起來淚眼汪汪。

勾陣苦笑著說：

「因為加了薑。要不要再來一碗？」

「拜託妳了。」

昌浩規規矩矩地雙手遞上湯碗，勾陣欣然接過去。

昌浩拉起了差點滑下的外褂，搓著手說：

「還真不能小看風呢，尤其是這種季節。」

白虎苦笑起來。

昌浩邊摩擦雙手，邊像忽然想到什麼似的抬頭看著神將。

「可以拜託你一件事嗎？」

「什麼事？」

「請幫我送風給爺爺，我想問他可不可以把藏書借給敏次。」

「知道了。」

晴明身邊有另一個風將，白虎的風可以很快地傳給對方。快的話，早上就能收到回覆，先把書準備好，就可以隨時帶走。他記得是疊放在書庫西側架子上的第二層左邊，不久前才陰乾過，應該不會記錯。

正想著如何處理時，勾陣端著熱氣騰騰的湯碗回來了。

「很燙哦，小心喝。」

「嗯，謝謝。」

昌浩接過湯碗，呼呼吹氣，等湯冷些才小口小口地啜飲。頓時，一股暖意沁入了五臟六腑。

「啊！好喝。」

沉浸在幸福中好一會後，昌浩看著碗裡剩下的湯說：

「剛才小妖們來過。」

勾陣和白虎都默然看著他。

「我知道它們會掉下來，所以閃開了，被它們埋怨了好久。」

昌浩淡然一笑。

「要不是察覺自己變遲鈍了，又會像以前一樣被壓扁。」

神將們沉靜地笑著。

昌浩喝了口湯，說：

「都要感謝小怪把我罵一頓。」

勾陣伸出手，摸摸昌浩的頭說：

「是嗎？」

「嗯……不過，我絕對不會跟它講。」

昌浩這麼說，喝湯掩飾害羞。

神將們溫和地瞇起眼睛。

有股氣息降落在木拉門外，接著響起了咚咚敲門聲，因為風的關係，門打不開。白虎嘆口氣站起來。

「恢復原貌就行了嘛！」

勾陣這麼嘀咕著，昌浩打從心裡贊成。

「就是嘛！」

白虎一拉開門，小怪就一溜煙地鑽進來了。

「麻煩你了，白虎。」

這句話不是針對開門這件事，白虎回它說不用客氣。

確定昌浩已經穩定下來後，小怪鬆了一口氣。萬一感冒，就無法向晴明交代了。

「天狗後來怎麼樣了？」昌浩問。

小怪咬牙切齒地說：

「我想用通天力量擊落它們，可是火會被風吹散，把京城燒了。」

但是實在氣不過，就用火焰槍扔它們，結果被躲開了。
昌浩臉色發白。
「那槍呢？」
「消失啦！喂，你還真不信任我呢！」
小怪很不高興，白虎開口說：
「我沒看到天狗，不過感覺到處都是。遇到你們後，它們就不再隱藏妖氣，明目張膽地四處飛翔了。」
「為什麼？」負責留守的勾陣偏頭問。
昌浩回說：
「因為天狗總領的兒子被異教法師帶走了。」
勾陣和不知道這件事的白虎都倒抽了一口氣。
昌浩與小怪沉下臉說：
「它們說帶著使魔就是異教法師的證據，太失禮了。」
「就是嘛，我可不是使魔。」
「你明明就是怪物，對吧？」
「沒錯，我是怪物……不，也不是！」

被當成使魔而怒火中燒的小怪，在這種時候也沒忘記堅持「自己不是怪物」的主張，真是了不起。

昌浩喝光最後的湯汁，把碗放在地上。人數增加使得室內的溫度上升，連手腳都暖和起來了。

「看到我跟紅蓮在一起，就說我是異教法師，還說愚蠢的人類怎樣又怎樣、骯髒齷齪等等，把我罵得狗血淋頭。」

昌浩想起來就一肚子氣，嘴巴撇成了ㄟ字形。

「最可惡的是，把血統純正的陰陽師說成異教法師！什麼異教法師嘛！」

緊緊握起拳頭的昌浩雙眉直豎。

「我家從爺爺到父親、伯父、堂兄弟們，全都是陰陽師，我是陰陽師啊！從來沒有使用過魔道那種異教法術，就算要用，也不會特地用在天狗身上！」

白虎的拳頭敲在氣呼呼的昌浩頭上。說敲也只是輕輕碰觸，一點都不痛，但昌浩還是驚訝地看著白虎。

「即使只是假設，陰陽師也不能說要用魔道的異教法術，晴明若聽見了，不知道會說什麼呢！」

「對不起……」

神將們搖頭嘆息。

昌浩砰砰敲打自己的頭，表情複雜地眨著眼睛。不知道為什麼，總覺得祖父不在時，神將們對自己的一舉手一投足好像管得特別嚴格。

可能是他們擔心自己在主人不在時出什麼事，而產生的責任感吧！

難道自己這麼不值得信任嗎？昌浩的心情多少有點複雜。

神將們並沒有那種意思，但還很難向昌浩說明。

原本默不作聲的勾陣開口說：

「那麼，天狗總領的孩子不但被架走，還被施了法術？」

「嗯，好像是。」

「怎麼樣的異教法術？」

昌浩與小怪面面相覷，小怪搖搖尾巴說：

「不知道，它們自行下定論後，就對昌浩和我放箭。昌浩想跟它們詳談，可是它們根本不想談。」

聽完小怪的話，昌浩驚訝地說：

「小怪，原來你都了解啊？」

小怪半瞇起眼睛說：

「你把我看成什麼了？」

「你那時候不是氣得沖昏了頭，要攻擊天狗嗎？」

「那是因為不以牙還牙的話，就會被瞧不起。」

「是這樣嗎？」

兩人爭執不下時，勾陣與白虎都陷入了沉思。小怪說得也有道理，不過撇開這件事不談，天狗們的言行舉動也令人憂慮。

「天狗幾乎不下來人界的，怎麼會出現在京城？」

勾陣感到不解，正在跟昌浩舌戰的小怪霍然轉向她說：

「聽小妖們說，昨天半夜就來了。數不清的天狗乘著風，在京城上空飛來飛去。」

快天亮時，各地都發生了屋頂被掀飛、牆壁被飛來的物體撞毀等多起損害事件。

昌浩也知道這些事件，因為在陰陽寮的父親收到了大量的報告。

「全都是天狗幹的好事？」

「好像是。」

昌浩抬頭看看天花板，橫樑與椽木裸露的天花板上，可以清楚看到一條條的木紋。

如果是像大貴族家那種鋪檜木皮的屋頂，現在說不定被風吹走，露出一個大洞了。安倍家沒什麼特別偉大的家世，但還有不愁吃穿程度的收入，可是房子如果被狂風、落雷摧

毀，還是會很慘。

昌浩由衷感謝神將們和祖父的結界。可以平安無事，一定是因為結界。

小怪甩甩耳朵說：

「昨晚看到流星時就該察覺了，只是怎麼也想不到它們會來京城。」

聽小怪這麼說，昌浩滿臉疑惑。看到昌浩百思不解的樣子，小怪受不了地問：

「喂，陰陽師，你該不會不懂我在說什麼吧？」

「對不起，就是不懂。」

昌浩兩眼呆滯，小怪深深嘆了口氣。

坐著的它把前腳指向矮桌，桌上有本昌浩出門前放的書。

昌浩跪爬著靠近矮桌，拿起了那本書。

「《日本書紀》……？」

他在燈台下打開書，準備看個清楚。

小怪和神將們都圍在他身旁。

啪啦啪啦地翻閱時，小怪從旁伸過來的手指著某個地方。

上面寫著：「舒明帝⑤在位時，有顆大星星從東向西墜落」，並註明那就是天之狐。

「呃，天之狐……天狐？」

看到昌浩滿臉疑問，小怪冷靜地戳破他說：

「要不要我猜猜看你想到了什麼？」

昌浩彆扭地說：

「不用了。」

說到天之狐，他當然只想到「天狐」。

「原來以前天狗是叫『天之狐』啊！」

「現在也是啊，但因為容易跟天狐混淆，所以愈來愈多人把天之狐改成天狗。這些很久以前來自大陸的天狗，現在也還待在這個國家的某處。」

「這樣啊。」

昌浩張大眼睛，啪啦啪啦地翻著《日本書紀》，心裡想著：

去年曾與來自大陸的一大群妖魔做過生死鬥，原來渡海而來的妖魔並不稀奇啊！回想起來，天狐也是來自大陸的妖魔。祖父安倍晴明的身上就流著天狐的血。也就是說，自己身上也流著大陸的血，他現在才察覺。

聽到昌浩這麼說，神將們也直率地回應他：

「這樣說起來，我們也都是從大陸來的。」

陰陽師使用的占卜工具「六壬式盤」是從大陸傳來的，神將們的名字就刻在那上面。

昌浩感慨地說：

「差點忘了，的確是這樣。感覺外國很遙遠，其實很近。」

「對人類來說是很遙遠的國家喲！」

小怪瞇起了眼睛。

有很多人沉入了這個國家與大陸之間的海底。要渡過那片大海，船真的太渺小了，很容易被澎湃洶湧的海浪擊碎。

「對小怪來說也很遠嗎？」

陰陽五行的思想起源於大陸，是遣隋使、遣唐使把大陸的道教帶了進來。

對昌浩來說，那是非常、非常遙遠的國度，只能從書中與故事中去了解。十二神將們都親眼見過大陸，然而聽小怪的說法，卻好像有種距離感。

小怪眨眨眼說：

「很遠……已經不可能再去，也不想再去了。」

它說沒地方可去，也無處可回了。

「為什麼？」

小怪搖搖尾巴。

昌浩不經意地看看勾陣與白虎，他們的表情也十分沉靜。

白虎回答了昌浩的問題。

「因為那裡沒有晴明。」

他們唯一認定的主人，住在這個國家而不是大陸，所以神將們的歸處就是這裡。

昌浩心想：

神將們真的、真的很喜歡祖父呢！

然後，他又想：

那麼當祖父壽滿天年時，他們會怎麼樣呢？

十二神將是安倍晴明的式神，服侍晴明、為晴明做事。現在神將們會這樣陪在昌浩身旁、協助昌浩、保護昌浩，都是因為昌浩是晴明的孫子，而晴明也希望他們這麼做。

那麼，當晴明不在時，神將們將何去何從呢？

現在是小怪模樣的紅蓮，也是晴明的式神。昌浩已經習慣小怪或紅蓮陪在他身旁了，其實，這並不是理所當然的事。

以前還沒有收神將們為式神時，祖父是自己做所有的事嗎？改天有機會，昌浩倒想私下問問看。

晴明目前待在伊勢，有兩名神將陪在他身旁。除了天空常駐在安倍家，以及偶爾會見到白虎或勾陣外，其他神將都不會下來人界，因為晴明不在。

昌浩瞥了小怪一眼。因為他假裝很認真在看《日本書紀》，所以小怪正和勾陣、白虎低聲交談，可能是在商討對付天狗的方針。

什麼天狗總領的兒子，昌浩他們根本不認識。但是，天狗應該沒有撒謊，感覺它們是豁出去了。它們會那麼衝動，看到昌浩帶著使魔就認定他是異教法師，可見狀況十分緊急。

被施法的天狗之子，究竟是中了什麼異教法術呢？天狗們限定四天之內要交出那孩子，難道是因為四天之內沒找到他，就會有危險嗎？

從頭到尾都是謎團。不過，昌浩今天是第一次見到天狗。

也就是說，他雖然很努力用功，而且跟蚯蚓怪物、異邦妖魔、山椒魚、天狐、羅剎、魑魅、大蛇、惡靈、邪念等，細算起來多不勝數的種種非人類邪魔對峙過，卻還是有很多東西沒有見識過。

神明與神將也屬於「非人類」。不過若這樣把他們跟妖魔歸為同類，恐怕會被在這裡的三人痛罵一頓吧？

昌浩嘆口氣，闔上《日本書紀》。今天也要進陰陽寮工作，差不多該休息了。

天狗們的宣言也不能漠視。四天內沒找到天狗的孩子，京城就有可能發生巨變，必須儘可能避免。

脫掉狩衣，正準備睡覺的昌浩，忽然靜止不動了。

小怪他們都好奇地看著他。

「怎麼了？燈台嗎？我等一下幫你熄滅。」

「我在想該怎麼處理這傢伙？」

昌浩指向床鋪。深深陷入外褂裡的烏鴉，正一臉安詳地熟睡著。

小怪的陰陽講座

⑤舒明帝是日本歷史上，飛鳥時代的天皇。

8

◇　◇　◇

我是在狂風之夜，接到了小孩誕生的通報。

聽說嚴重難產，但小孩平安無事。

她的臉完全沒有血色，慘白得幾乎透明，卻還是溫柔地笑著。

——太好了……是個健康的……兒子……

緊握的手，冷得像冰一樣。

孩子呱呱墜地後，出血就止也止不住，每吸一口氣，臉色就更蒼白。

被握住的那隻手反握時，手指也虛弱無力，她微笑著落下淚來。

——可以……完成使命……我覺得……很……驕傲……

大家殷殷期盼著繼承者的誕生，因此，她以生命為代價，生下了這個孩子。她的身體本來就不好，儘管如此，我還是想娶她為妻，因為對我而言，娶其他人毫無意義。

相信對她而言也是一樣。

——……兒子……就……

話還沒說完，嘶啞的聲音就戛然而止了。

這件事，不知道聽說過多少次了。

父親說的這些話，絕不是對逼死妻子的孩子的怨言，而是想讓孩子知道自己是在這樣的期盼下誕生的言靈。

孩子啊，你就是在這麼強烈的愛中誕生的。

族裡所有人都疼愛你，期待你的成長。

你將成為帶領族人的總領，在空中翱翔。已經成為那些閃亮星星之一的母親，也期待著這一天的到來。

現在卻變成這樣。

——對不起。

枉費大家對我寄予厚望。

——翅膀就要脫落了。

脫落後，就再也飛不起來了。

最難過的是，那些疼愛自己的族人們會多麼哀傷悲嘆啊！

可怕的異教法術，正慢慢地侵蝕著自己的身體。

——父親，一次就好……

我想再飛上那片天空——

◇　◇　◇

「——……」

聽見了鳥叫聲。

還有悲哀的聲音在逐漸清晰的意識角落回響。

恍恍張開眼睛時，淚水從眼角滑落。

昌浩霍然起身，不知何時躺在他胸口的黑色團塊滾落下來。

烏鴉拖著身體爬過來，把外褂往自己那邊拉，堆成厚厚一疊，就爬上去閉上了眼睛。

「這是我的床鋪耶……」

昌浩睡眼惺忪地嘟囔著。

這已經成慣例了。嵬每次待在這裡時，不知為何都會理所當然地把昌浩的外褂當成

自己專用的東西。

曾經替它準備其他床鋪，它又埋怨光床鋪太硬。把昌浩用來當被子的外褂拖過去，做成柔軟蓬鬆的鋪被，是它的最愛。

「小怪偶爾會把我當成枕頭，嵬好像是把我當成了鋪被。」

昌浩邊嘀咕，邊換好衣服後，走出去洗臉。

坐在外廊上的小怪轉向他說：「起得真早，還可以再多睡一下啊！」

昌浩把雙手背在後面，聳聳肩說：「作了一個夢，就醒來了。」

睡眠不足的時候，比較淺眠，有時會夢見不屬於自己的夢。

譬如：夢見某人的記憶，或某人的強烈意念。

正確來說，是某人的心與昌浩的心重疊，讓昌浩看見了那樣的光景。

「怎麼樣的夢？」

「嗯……」被這麼一問，昌浩合抱著胳膊說：「……是很悲哀的夢，而且不只悲哀而已。」

他閉上眼睛回想。

看到的是那片天空，沒有半朵雲彩。

「一次就好……」

夕陽色眼眸閃閃發亮。

「一次就好？接下來呢？」

昌浩搖搖頭說：「到這裡就醒來了……其他的話都不記得了。」

「哦。」

小怪沉思了一會，瞇起眼睛說：

「你很久沒作這種陰陽師的夢了，應該把握機會，再去睡一下，查出那是誰的夢。」

昌浩面有難色。

「我已經完全清醒啦！而且嵬正在睡，我也不想吵醒它。」

「哦……」

這樣說，小怪就能理解了。昌浩知道只要寫完回函，嵬馬上會回去，可是現在沒空寫。

他暗自決定，等事情解決後，再把過程寫成回函。

問題是，看到「有事件發生」的內容，對方會怎麼想呢？即便事情已經解決了，對方還是會擔心吧？可是，他也不想因此騙對方什麼事都沒發生。

《昌浩。》

隱形的白虎叫他。他眨眨眼，聽見白虎沉穩的聲音說：

《晴明回話了，他說沒問題。》

昌浩鬆了口氣，點點頭。
「知道了，謝謝。」
《不客氣。》
聽著兩人的對話，小怪納悶地問：
「什麼事？」
「我請白虎傳風給爺爺，問《論衡》可不可借人。」
小怪點頭表示了解，臉卻變得很臭。
「你要借給那傢伙？」
「是啊！爺爺也說可以。」
「你要借他？」
「借啊！」
「你要借他？」
「借啊！」
「你真要借他？」
「我說要借啊！」
不管怎麼被瞪，這件事絕不能退讓。

「小怪，你還是很討厭敏次呢！」
「不是討厭，是不爽他。」
沒什麼差別吧？
很想這麼說的昌浩把話吞了下去，改變話題。
「對了，行成大人家怎麼樣了？」
昨天沒時間談這件事。
小怪甩一下尾巴說：「釣殿破了個大洞，實質上的損害就只有這樣。還飄散著奇妙的氣息，現在想來，應該是天狗的妖氣，是變成火球的天狗破壞了屋頂吧！」
昌浩盡量裝出若無其事的樣子問：「行成大人的家人呢？」
就算再怎麼裝出若無其事的樣子，這句話還是命中小怪的要害。
小怪乍然望向遠方。不知道是不是昌浩想太多了，覺得它的背影飄蕩著淡淡的哀愁。
「小怪……？」
昌浩戰戰兢兢地叫喚，小怪背著他說：
「敏次好像替他們做了什麼……我沒進去看，所以不知道。」
果然是這樣。
昌浩嚥下這句話，選擇其他話說：

「幸好主屋跟對屋都沒有受到損害。那麼，行成大人的凶假日應該會縮短吧？」

「可能吧！」

「我去洗臉。」

「哦。」

昌浩說完就沿著庭院走向井邊。稍微轉頭看了一眼，發現小怪像平常一樣坐著，但神情顯得有些落寞。

昌浩走著走著，不禁嘆了一口氣。

行成家有兩個三歲小孩，真不該讓小怪獨自去那裡。

小怪討厭小孩。不過昌浩想，嚴格來說應該不是討厭，而是因為小怪一靠近，小孩就會哭，尤其是小嬰兒特別明顯，會哭得像著火似的。

昌浩沒有親眼看過，因為小怪都儘可能不靠近小嬰兒或小孩。

會不會是小怪自己太敏感，其實並不會那樣呢？昌浩這麼想，但是又不好勉強小怪去面對，所以絕口不提這件事。

從井裡汲水，正在洗臉時，一雙白皙的手從旁遞上了毛巾。

現身的是勾陣。

「謝謝。」

昌浩道謝後接過毛巾，勾陣看著他，發現不見白色身影，便四下張望。
「騰蛇怎麼了？」
「在那裡哀怨。」
勾陣聽昌浩說明原委後，頗能理解地點點頭。
這也是沒辦法的事。
昌浩拿著毛巾，仰望天空，由於風很強，飄浮的雲朵快速移動，看起來很有趣。不過，這一帶卻沒什麼風。
「安倍家所有地方都有天空的結界保護，所以你要有所覺悟，一走出家門就會遇上狂風。」
勾陣看穿昌浩心中的疑問，給了他答案。
昌浩心想原來是這麼回事，看著仰望天空的勾陣問：
「小怪還是那麼討厭小孩嗎？」
黑曜石般的雙眸默默看著昌浩。
昌浩接著說：
「它去哥哥那裡，也絕對不進屋裡。行成家的小孩是分開住在對屋，它就比較不介意。」
「它是擔心萬一吧！」

昌浩眨眨眼睛。

「小孩可能不會哭，也可能會哭。從以前到現在，什麼事都沒發生的情況不是沒有，只是少之又少，即使有過那種罕見情況，也不能保證今後都可以那樣，所以它一直很小心。我認為這是它的一種用心。」

昌浩嘆口氣說：「勾陣，妳很了解小怪呢！」

勾陣莞爾而笑。

「算是了解，但也常被騰蛇嚇到，所以並不如你想像的那麼了解。」

「騙人。」

「真的。」勾陣笑開來。「不久前才被他罵呢！」

剎那間，昌浩難以相信自己聽到的話。

「應該是相反吧？」

「不是相反。」

「不是妳罵紅蓮？」

昌浩毫不掩飾自己的懷疑，勾陣聳聳肩，苦笑著說：

「你很不相信我耶！我幹嘛騙你。」

昌浩目瞪口呆地望著勾陣，接著眨眨眼睛，喃喃說道：

「很難想像呢。」

最難想像的不是小怪怎麼罵人，而是勾陣怎麼會挨罵。

看著昌浩的反應，勾陣不禁啞然失笑。

「當時，我有點氣昏了頭。這種時候，最好的辦法就是給對方當頭棒喝。你也有過這樣的經驗吧？」

昌浩在記憶裡搜尋。

「……大概有吧。」

而且那時候的小怪，不對，是紅蓮，真的可怕到了極點。

啊，如果是那種感覺，勾陣難免也會被他的氣勢壓倒。

勾陣本身的氣勢也不弱，但是最強的兇將散發出來的氣勢，更是強烈到言語無法形容。

現在回想起來，昌浩發現自己常挨紅蓮罵，不是被怒吼，就是被說教、被瞪。紅蓮對他很好，但絕不縱容。

關鍵時刻的紅蓮絲毫不講情面。剛認識時，他多少會手下留情，但也只有剛開始的時候。

紅蓮並不冷酷，只是他真要拒絕對方時，會讓人嚇得全身瑟縮。那種感覺昌浩也親

身經歷過。

他閉上眼睛，回想在夢中聽見的聲音。

那是真的、真的備受呵護，所以由衷致歉的悲哀聲音。

——一次就好……

讓昌浩想起，自己也曾經由衷地希望某人可以再次呼喚自己的名字。

在陰陽寮見到敏次時，昌浩馬上跑了過去。

「敏次，早。」

「啊，早，昌浩。」

昌浩把夾在腋下的包裹遞給敏次。

「這是《論衡》第二十一卷。」

敏次目瞪口呆。

「咦?!可是，要經過晴明大人的允許……」

昌浩笑著對驚慌的敏次說：

「我拜託祖父的式神問過了，他說可以借，所以放心吧！」

「晴明大人聲名遠播的十二神將嗎？我不知道晴明大人的式神都待在哪裡，沒想到

「他們會特地為了我……」

敏次感動得全身發抖。坐在昌浩肩上的小怪，就在敏次面前指著自己說：

「十二神將在這裡、這裡。」

當然，敏次看不到它那副模樣。昌浩露出了難以形容的複雜微笑。

「呃，敏次，行成大人的凶假日怎麼樣了？」

聽到昌浩的詢問，小心翼翼地抱著《論衡》的敏次表情立刻緊繃起來。

「星星墜落是重大事件，可是，跟死穢⑥不同，而且他又很快遷移到離釣殿更遠的對屋淨身齋戒，所以大約三天就可以回到崗位了。」

三天啊……昌浩喃喃唸著。天狗給的期限，也只剩三天。他知道只是偶然，但還是覺得這樣的巧合很奇妙。

「聽說夫人和小姐都很害怕，不知道她們怎麼樣了？」

「夫人還躺在床上，不過，休息幾天應該就會好了，小姐也平靜下來了。」

「還有一位公子吧？」

「對，公子住的地方離釣殿比較遠，所以沒什麼影響，還是跟平常一樣。聽說他在院子裡撿到受傷的雛鳥，正忙著照顧牠……」

敏次頓了頓，好奇地歪著頭說：

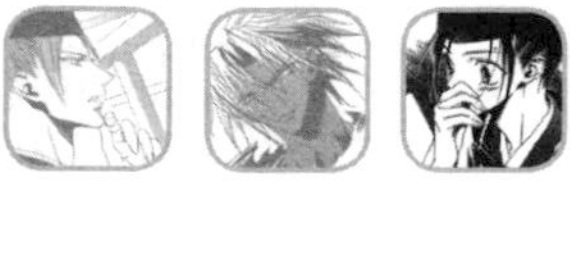

「你好像很關心行成大人的孩子們呢！昌浩。」

「咦、呃……」

昌浩支吾半天，總不能說小怪很擔心他們好不好吧？

「啊，因為我姪子和行成大人家的小孩差不多年紀，所以自然會想到他們。」

「原來如此，這樣的確會感同身受。」

昌浩的哥哥們都是陰陽寮的官員，敏次也跟他們很熟，所以馬上就相信了。敏次自己也很關心行成一家人，所以沒再繼續追問。

「為了安全起見，我替整座府邸都進行了修禊的儀式，並佈設結界，讓邪惡的東西不敢靠近，應該不會有事了。」

但還是不敢保證絕對沒事。

敏次嘆口氣說：「我想請比我更有實力的人來察看……」

可是，行成婉拒了。他說現在災害遍及皇宮和臨時寢宮，不可以再去麻煩陰陽寮的術士們。還說……

——有你看過，我就放心了，因為我相信你，敏次。

行成說這番話的心意讓敏次感動不已。他下定決心，要更積極地修行，這樣才能自信滿滿地回應行成的話。

報時的鐘聲響起，敏次繃起臉說：

「哎呀！跟你閒聊太久了。總之，謝謝你，昌浩，我會好好保護書，盡快看完還給你。」

「啊，不用那麼急。」

「是嗎……真的很謝謝你。」

敏次再次道謝後就快步離開了。

昌浩也轉身離開，因為他也有工作要做。

坐在肩膀上，臉色一直很難看的小怪低聲嘀咕說：

「我還是很不爽那小子。」

昌浩只能苦笑。

工作結束的鐘聲一響，昌浩就站了起來，很快準備好回家。今天做不完的工作只能延到明天，可是明天之內要做完的事，明天也根本做不完。

「唉，再怎麼想都該帶回家做……」

問題是，帶回家後有沒有時間做值得懷疑。

以前，看到父親或哥哥們吃完飯後在自己房裡專心做著什麼，都覺得很好奇。

現在知道了，他們是把做不完的工作帶回家做。

走在昌浩身旁的小怪神氣活現地點著頭說：

「月底就是這樣啊！晴明還在當官時，也常哭喪著臉把工作做完。」

「他現在也還算在當官吧？」

「話是沒錯，可是跟每天要進宮工作時完全不一樣。」

安倍晴明現在的職位是藏人所陰陽師，不必再進宮工作。只有必要時會召他進宮，基本上每天都過著逍遙自在的生活。

當然，有事時就沒那麼好過了。而且即使待在家裡，皇家或公卿們還是會私下委託他種種案件，表面上像是退隱了，實際上還是很忙。

一走出皇宮，昌浩就被暴風吹得東倒西歪，環繞著皇宮的圍牆，看來還是有擋風的作用。待在陰陽寮時就想過風應該很強，但沒想到這麼強。

昌浩抓住路邊的柳樹，瞇著眼睛說：「是不是比昨天更強了？」

風中混雜著妖氣。「還來」的吶喊聲，更強烈、更洪亮地反覆回響著。

被帶走的天狗之子，有沒有聽見天狗們的聲音呢？

既然是被異教法師帶走的，那麼即使它聽見了，恐怕也沒辦法回應。

昌浩整頓呼吸，抓起小怪的脖子往前走。

不繃緊全副精神的話，就會被風吹走。

天狗颳起的風不時改變風向。昌浩舉起手臂擋風，越過手臂仰望的天空還十分明亮，卻已劃下好幾道白光的線條。

這是昌浩第一次在大白天看到流星。

那個聲音在耳邊乍然響起。

一次就好，我想再飛上那片天空。

「……啊！我知道了。」

終於串聯起來了。

小怪瞇起眼睛，看著突然大叫的昌浩。

「你說什麼？」

「今天早上的夢……可能是天狗的小孩。」

天狗們向昌浩顯示敵意時，曾經提過那孩子的名字。

好像是叫「疾風」。那就是疾風的聲音。

暮色逐漸蒼茫的天際，劃過了好幾道白色線條。

——還來。

——還來。

——還來。

——把我們的疾風公子還來！

天狗的聲音在耳邊響起，帶著憤怒、憎恨，還有更深的悲哀。

昌浩覺得心痛，摀住了胸口。

千頭萬緒湧上心頭，眼角發熱。

大家寄予希望的孩子，母親付出生命盼來的孩子，竟然被奪走了。

不但被異教法師施法，還下落不明。

從不下來人界的天狗們，為什麼會發狂到攪亂京城？

現在知道原因了。

小怪的陰陽講座

⑥古人相信死亡會傳染，凡是接觸過屍體的人或亡者的遺族，都會沾染死亡的污穢，就稱為死穢，必須淨身齋戒。

9

在等待著太陽沉落、黑夜徹底來臨之前，昌浩趁這段時間占卜。

靠占卜找到疾風的下落，是最快的方法。

昌浩咔啦咔啦轉動式盤，然後沉默地盯著出現的結果，同時攤開六壬式盤占卜的專門書，目不轉睛地看著。

小怪坐在旁邊，注視著悶不吭聲直盯著書頁的昌浩。

夕陽色的眼睛跟平時一樣清澈透明，炯炯有神。

「怎麼樣？」

昌浩的肩膀抖動一下，這樣的回應比言語更清晰明瞭。

小怪搔搔臉頰說：「不要用式盤占卜，改用抽籤占卜吧？或者……觀星？你可以用晴明房裡的星圖儀，他應該不會生氣。」

昌浩沉默地點點頭。看到他雙眼呆滯，小怪的眼神也飄忽起來。

結論就是找不到任何線索。

而且，昌浩作的夢是否真的是疾風，恐怕也有人會懷疑。

但是，小怪從來沒有懷疑過昌浩身為陰陽師的資質。陰陽師作的夢都有意義，從未有過例外。

陰陽師的直覺也一樣。陰陽師經常自問，自己看到、感覺到的事物會不會是幻想、虛假的？若是太過相信自己的感覺，就會成為盲信，在某處誤入歧途。

那麼，該如何判斷有沒有錯誤呢？

安倍家族這些晴明的兒孫輩，都是從懂事以來就接受這方面的嚴格訓練。

這是晴明的訓示，因為他們身上都流著妖異的血，與生俱來的靈力遠遠超過一般人，必須這麼做才能保護他們。

以陰陽道為志願的人，也會徹底訓練這樣的能力，但還是有年資的差距。

要磨練直覺，必須摒除雜念。陰陽師們使用各式各樣的祝詞、神咒、真言等等，就是利用這些言靈隨時祓除自己體內的心魔。

在日常生活中，在陰陽寮，甚至在睡覺時，都唸誦著淨化靈魂的神咒；這件事已經烙印在陰陽師們自身的靈魂裡了。

心沒有被雜念蒙蔽，他們才能聽見神的聲音，正確掌握神的旨意。

在晴明的訓練下，昌浩徹底學會了這些事，而且他比誰都確實去實行。無論再怎麼反彈，也從來沒有怠惰過身為陰陽師的重要修行。

在這方面，昌浩非常認真。

祓除雜念的言靈非常多，只是沒有陰陽師那麼徹底。好的言靈，就具有那樣的力量；反之，不好的言靈就會累積邪念。說起來，就是這麼簡單明瞭。

好的言靈會帶來好事，是因為神喜歡好的言靈；壞的言靈會帶來壞事，是因為神不喜歡壞的言靈。如此而已。

這麼簡單的事，還是有人不明白，這種人不管發生什麼事，都不會改變自己的行為，而是花大錢請陰陽師幫他們想辦法解決。這麼做只能逃過一時，同樣的事還是會一再發生，變成惡性循環。

根據晴明的說法，這就是因果報應。

或許有一天，昌浩也必須處理種種這類的委託。儘管是因果報應，只要有人請他幫忙，他就得盡力幫忙，因為這就是陰陽師的使命。

若遇到太過分的人，就要斷然拒絕，不能接下工作。在這方面，晴明做得很徹底。

——既然是你種下的禍，你就應該承受所有後果！

年輕時的晴明，難得這樣怒髮衝冠地破口大罵過。啊，好懷念。

小怪不由得沉溺在感慨中，昌浩在它面前咳聲嘆氣。

占卜這種事，他還是非常不擅長。

「我說小怪啊……」

「什麼？」

「要花很長的時間，才能克服不擅長的事吧？」

「那還用說嗎？」

「所以，我覺得應該優先處理當下的危機。」

夕陽色的眼眸半藏在眼皮下。

「嗯，也可以吧？」

「好。」

昌浩立刻站起來準備出門，一直保持緘默的嵬開口叫住他：

「安倍昌浩。」

「什麼事？」

嵬指著硯台，對轉向它的昌浩說：

「你在幹什麼？回函還沒寫好嗎？」

「還沒。」

昌浩立即回答，嵬以全身表現出被雷擊中般的震撼。

「你說什麼！你有什麼比回信還重要的大事嗎？」

昌浩一邊鬆開髮髻把頭髮往後紮，一邊半豁出去地回它說：

「當然有，而且是京城的大事。至於有多重大，等我說明原委你就會理解，也會體諒我。」

「有比我回到公主身旁更重大的事嗎——！」

昌浩在心中嘀咕著：

有，而且還非常多。

如果京城被天狗們摧毀，晴明他們就無處可回了。

嵬可能一點都不在乎，但是待在那邊的其他人都會很困擾。

不只他們，還有京城的人們、相關的貴族、皇上與他的家人、所有住在京城的小妖們，都會先變得無家可歸，不知道該怎麼辦。

昌浩並沒有自大到打算自己扛起所有的責任，只是在想，天狗的憤怒應該不是故意找碴。

如果天狗的孩子真的被某個異教法師施了法術，還被綁走而下落不明，那麼，與法師同樣身為人類的自己，是不是該幫天狗把孩子找回來呢？

要不然，自己的親友都會受到傷害，陷入痛苦，昌浩不希望這樣。

「等事情解決後，我再努力寫。就這樣，我先走了。」

昌浩對嵬揮揮手，便從木拉門出去了，小怪跟在他身後。

安倍家的用地內徐風吹拂，舒服極了。但是，一跨出牆外就是狂颸的暴風，強勁到可以把小怪吹走。

「哇哇哇！」

小怪腳還沒落地就差點被吹走了，昌浩抓住它的尾巴說：

「小怪，你最好變回紅蓮隱形吧？」

拳打腳踢拚命掙扎的小怪不得不放棄，變回原貌，同時隱形。

昌浩鬆了口氣，清楚感覺到隱形的紅蓮散發出藏也藏不住的神氣。他極力壓抑了還是這樣，可見十二神將中最強的稱號一點都不假。

《你打算怎麼做？》

由於隱形，紅蓮的聲音是直接在耳中響起，感覺很新鮮。

平時，小怪的聲音都在耳朵附近。

「屋頂和倉庫被破壞的地方，表示天狗去找過了，所以我打算一一搜尋其他可疑之處。」

昌浩感覺紅蓮嘆了一口氣，便皺起眉頭說：

「哎喲，我想不出其他辦法嘛！」

《不，我只是在想，這很像你的作風。》

這絕對不是稱讚。
心有不甘的昌浩正轉身打算從東側開始搜起時，發現有股特別巨型的龍捲風襲來。
白色火球劃過夜幕低垂的天空。
「唔……！」
昌浩倒抽一口氣，火球在他眼前墜落，隨即變成了人類的模樣，從它背上光澤烏黑的翅膀，可以知道它並不是人類。
龍捲風吹襲著昌浩，只有那地方像颳起了小型颱風。
跟昨天的天狗一樣，它的上下身都是胚布衣服，穿戴青銅盔甲，腰間佩帶一把劍。
它的體格嬌小，跟昌浩差不多，臉上戴著類似伎樂的面具。
拍著翅膀緩緩下降的天狗，說話口音還帶著稚嫩。
「綁走我們孩子的異教法師，你把人藏在哪裡？快說！」
昌浩嚴厲地回它說：「我不知道，我不是異教法師。」
纏繞著天狗的妖氣變得肅殺，面具下的雙眸帶著激憤。
「廢話少說，你這個邪魔歪道！」
昌浩氣得大叫：「我是陰陽師！」
「陰陽師？哈！」天狗嗤之以鼻，把手搭在腰間的劍上，「你根本是個對幼小的孩

子施法還把他綁走的大混帳！你要再隱瞞不說，我立刻毀了這個京城！」
像猛禽的翅膀憤怒地抖動著。
「我是最後一個使者了，你的答案是什麼？」
昌浩做個大大的深呼吸說：「我不是說我不知道嗎？」
對方根本不聽辯解，昌浩知道再說什麼都沒有用，但是若先動手的話，錯就是在自己了。
天狗把劍拔出一半，低嚷著：「我再問你一次，疾風公子在哪裡？」
「我要是知道就告訴你了！我也在找它啊！」
昌浩在袖子裡結刀印。局勢一觸即發，就在對峙瓦解的瞬間，天狗爆發出妖力。
昌浩調整呼吸伺機而動，不是為了攻擊，而是為了防禦。
他知道隱形的紅蓮在背後嚴陣以待，鬥氣明顯沸騰而上。
天狗的身影略微晃動。
剎那之間，劍刃已抵住昌浩喉頭。
紅蓮現身了。
「昌浩！」
「不要動，使魔！」

操縱風的天狗以迅雷不及掩耳的速度滑近昌浩。

「你只要動一下，他的頭就會飛出去！」

這句話應該不假。紅蓮目露兇光，眼眸顯得益發淒厲，但默然退下了。天狗看他退下，也把劍稍微往後移。

「你真的不知道疾風公子在哪裡？」

「真的。」

「如何證明你沒撒謊？」

昌浩堅決地瞇起眼睛說：「如果我騙你，你就砍了我的頭。」

「昌浩！」

紅蓮的語氣嚴厲，昌浩也在說出口後就覺得不妥，可是說出去的言靈就收不回來了。

面具下的嘴角上揚。

「這可是你自己下的承諾，只要發現你騙我，我會立刻砍了你。」

昌浩無奈地點點頭。

「語言是言靈。你既然是大陰陽師安倍晴明的親人，就應該知道言靈具有多大的力量。」

昌浩瞠目結舌。

「你……！」

天狗猝然飛向後方。

「我們也不是什麼都沒做，要調查你的出身很容易。」

只要問問京城的小妖，不管是十個甚至一百個，它們的答案完全一樣。

那個晴明的孫子不可能用什麼異教法術，也不可能綁架天狗，即使天地翻轉都不可能。

昌浩邊摸著脖子確定自己有沒有受傷，邊瞪著天狗。

天狗滿不在乎地盯著他說：「你剛才說你在找疾風公子，你知道它在哪裡嗎？」

為了壓抑滿腔怒火，昌浩一次又一次地深呼吸。

他告訴自己，要冷靜下來，現在發怒就輸了。若再說出什麼氣話，被抓住把柄就麻煩了，對方可是妖魔。

「目前沒有線索。」

「那要怎麼找？你太無能了。」

「你……！」

正要往前跨出一步時，被紅蓮從背後抓住了肩膀。

「紅蓮！如果你稍微體諒我的自尊，就不要阻止我……！」

「不行，現在我必須阻止你。」

紅蓮相對顯得平靜。因為太過平靜了，昌浩懷疑地回過頭，但又立刻轉回前方，心想實在不該回頭看。

低沉可怕的聲音從他背後傳來。

「你對安倍晴明接班人的種種謾罵，最好一字一句都不要忘記。」

這句話如果說得夠激動還沒那麼可怕，就是因為從頭到尾都很平靜淡然，所以非常可怕。

昌浩搖搖頭。

可不能在這裡浪費太多時間。

他毅然轉向天狗說：「喂，你！」

「幹嘛？無能者。」

昌浩深吸一口氣，一再告訴自己「平常心、平常心」。對方是因為總領的孩子被綁架而情緒低落，這種時候，說話語氣與態度都難免帶刺。

「我叫安倍昌浩，你呢？」

「我幹嘛要把名字告訴人類？」

冷漠到這種地步，讓昌浩覺得心像被什麼刺穿了。

這樣應答的人，他也遇過一個。回想起來，自己好像多少還有點耐性嘛！

「既然如此，我就叫你『謾罵天狗』，不然沒有稱呼很不方便。」

被昌浩反嗆，天狗剛開始有點錯愕。

「什麼！」

昌浩冷冷地斜睨著它說：「言語是言靈，名字是最短的咒語。很不巧，我沒有多餘的敬意給不報名字的人。」

聽到這句話，紅蓮有點這種時候不該有的感動。這樣的說法，實在跟晴明太像了，昌浩果然是晴明不折不扣的孫子。可能是聽多了晴明的語調，不自覺地模仿起來了。

天狗顯然被惹火了，怒氣沖沖地報上了自己的名字。

「我叫颯峰，負責守護我們總領唯一的兒子疾風公子。」

昌浩與紅蓮微微張大了眼睛。

原來如此，颯峰會這麼張牙舞爪，是因為跟下落不明的疾風太過親近了。

不能因此原諒它的謾罵，但可以理解它被逼到失去理智的心情。

昌浩調整呼吸。

「你們不是也在找嗎？有什麼線索？」

「有的話還要來找你嗎？」颯峰咬牙切齒地低嚷：「我必須盡快把它帶回山裡，要不然異教法術會逐漸侵蝕它……」

判斷沒有危險後，紅蓮就隱形了。昌浩只回頭看一下，很快又轉向颯峰。

天狗拍著翅膀，把劍插回腰間。

「安倍昌浩，既然你真的不是使用異教法術的陰陽師，那麼你可以解除疾風公子被施的法術嗎？」

「這……要看過後才能回答。」

墮落魔道的異教法師用的是怎麼樣的法術，昌浩還沒有學過。不懂的話就沒辦法處理，所以不管正道或魔道，陰陽師都要學。

「總之，站在這裡說什麼都沒用，還是徹底搜尋法師可能躲藏的地方吧！」

昌浩轉身離去，颯峰默默地跟在他後面。

疾風這孩子，是兩年前才剛誕生的。

逆風而行的昌浩，一步步艱辛地往前走。颯峰卻像迎著微風般，走得輕鬆自若。有時會拍著翅膀，滿臉不悅地等著老跟不上的昌浩。

「被異教法師施法，是在一個月前。」

昌浩訝異地眨了眨眼睛，那是昌浩他們回到京城的時候。

颯峰從表情看出了昌浩在想什麼，臉色陰沉地說：

「沒錯，就是你們回到這裡的時候。」
「所以你以為我就是施法的異教法師？」
「陰陽師只要誤入歧途，也會使用異教法術，所以你不覺得我難免會這麼想嗎？」
昌浩沒有反駁的餘地。天狗說的話，一點都沒錯。
天狗指著西北方，對默不作聲的昌浩說：
「我們住在那座深山裡，我們的總領是三百多歲的大天狗。」
隱形的紅蓮發出微弱的低喃聲。
《是愛宕啊……》
昌浩抿著嘴巴眺望遠處。
天狗住在深山裡。京城周邊以愛宕和鞍馬的天狗最有名，但是，都很難見得到。
「總領大人很久都沒有子嗣，最近好不容易才有了疾風公子。」
昌浩想起了今天早上作的夢。
在期盼中誕生的孩子，不知道被關在哪裡，一心希望可以再飛上天空。
「靠著我們祭拜的神明力量，才能勉強阻止異教法術惡化。可能是因此惹毛了異教法師，於是他打傷另一個守護者飄舞，把疾風公子綁走了。」
昌浩心生疑惑，皺起了眉頭。

天狗不是妖魔嗎？怎麼會祭拜神明？

「神？什麼神？」

「猿田彥大神。」

猿田彥大神不就是天神的子孫降臨時，出來迎接「天津神」瓊瓊杵尊的國津神⑦嗎？

原來如此。天狗是山妖，由山脈之氣形成，所以祭祀國津神並不奇怪。

不過，說到猿田彥，伊勢也有祭祀猿田彥的神社，好像就是一宮⑧。

種種思緒閃過腦海：天津神與國津神，伊勢，祭祀猿田彥的神社好像是在伊勢海邊……

猿田彥這位大神是開拓道路之神，若是向祂祈求協助，祂會不會指示疾風所在的道路給我們呢？

昌浩邊想著這些事，邊舉起手遮擋沙子，保護眼睛。眼睛只張開一條細縫，視野變得很窄，舉步維艱。

昌浩實在走得太慢了，颯峰焦急地粗聲說：「你可不可以走快一點！」

「可以啊，你先讓風停下來。」

「辦不到。」

颯峰斷然回答，拍振著翅膀。

「為了搜尋疾風公子，我們族人傾巢而出。這陣風是我們的翅膀颳起的，唯有找到異教法師才能讓風停止。」

接著，颯峰又語帶威脅地補上一句：

「總領大人還說，在後天之前若找不到，就會颳起大龍捲風摧毀整個京城。」

昌浩倒抽一口氣。天狗睥睨的雙眸在面具下炯炯發亮。

「天狗的風會守護天狗，將所有障礙物都摧毀、排除。」

昌浩的背脊發涼，他知道天狗不是開玩笑的。

一抬頭，就看到好幾顆流星劃過天際。昌浩無法估算天狗的數量究竟有多少。

兩天後，這些天狗很可能集中所有妖力，與力量最強大的大天狗一起颳起龍捲風，襲擊京城。

昌浩感到不寒而慄。

天狗們的忿恨將殲滅這個京城。

天狗們的怒吼聲，一再地重複繚繞著。

還來。

還來。

還來。

把孩子還來。

異教法師，把你奪走的孩子還來。

再不還來，我們就趕盡殺絕。

颳起憤怒的狂風，吞噬這片大地所有的一切。

小怪的陰陽講座

⑦天津神的子孫降臨之前，統治日本國土的地神稱為「國津神」。住在高天原以及從高天原降臨地上的神，皆稱為天津神。

⑧「一宮」是指各個地方歷史最悠久、信仰最深的神社。伊勢神宮是鎮守整個日本，所以伊勢的一宮不是伊勢神宮，而是椿大神社。

10

漫無目標地搜尋，根本不可能找得到。

「好睏……」

在陰陽寮的書庫裡整理書籍的昌浩，拚命撐開動不動就要闔上的眼皮。到處找，找了兩個晚上都沒睡，還是沒有半點線索，只能舉白旗投降。

小怪在搖搖晃晃的昌浩腳邊憂心忡忡地說：

「喂，你還好吧？我幫你看著，你睡一下吧！」

昌浩緩緩地搖著頭說：

「不行，我不敢……」

其實是很想請假，跑遍京城，把還沒找過的地方全搜過一遍。但現在是月底，所有事都擠在這時候。直丁缺席的話，這些事不知道要推到哪裡去，他想都不敢想。

不過，經過了今天一番努力，只要把這裡整理完就可以回家了。

從窗戶照進來的光線有些西斜，四方形框框裡的天空逐漸佈滿晚霞。

今天晚上若是再找不到，就會發生大災難。

天狗們現在也在天空中飛來飛去。白天為了避免被人類看見，它們會變成漆黑的烏鴉。帶領天照大御神的子孫瓊瓊杵尊入主這片國土的是猿田彥，據說祭祀這名猿田彥大神的天狗們，把烏鴉當成太陽的化身，很喜歡變成烏鴉的模樣。天一亮，颯峰就變成烏鴉，飛上天去了。

道反守護妖寬今天早上見到那隻烏鴉時，大叫著說就是那傢伙撞飛了它。

被天狗撞飛的烏鴉——昌浩決定稍後把這件事寫進回函裡。再不想想這些好笑的事，精神就快撐不住了。

他深深感覺到，睡眠不足時，更容易消耗力氣和靈力。

昌浩喘口大氣，幾乎吐光了胸中的空氣，接著軟綿綿地癱坐下來，幸虧抓著架子勉強撐住，才沒有倒下去。

好久沒這樣暈眩了，感覺一鬆懈就可能昏倒。

就在東想西想中，工作結束的鐘聲響了。

「啊……收工了……」昌浩環視周遭說：「不好意思，今天就到此為止了。」

「嗯，今天准你到此為止。」

「小怪，得到你的批准也沒用啊！」

昌浩按著額頭，使勁地站起來。小怪跳到他肩上，淡然地說：

「但是，有人批准的感覺比較輕鬆吧？」

昌浩想了一下說：

「嗯……」

的確會減少一點罪惡感。整理書庫的工作由昌浩獨自負責，所以小怪也幫了不少忙，否則很難整理到這麼有模有樣。

昌浩全力挺直腰，打起精神往前走。

回到家後，要趁入夜前的僅有時間先小睡一下。

一入夜，颯峰就會來。在那之前必須稍作休息，恢復氣力與靈力。

在陰陽寮時，有工作意志支撐著。

現在的問題是要面對回家途中的風。今天的風強勁到讓人懷疑天氣怎麼會這麼晴朗，天文部的人都絞盡腦汁苦思，為什麼沒有伴隨雨和烏雲呢？

父親與兩個哥哥看到昌浩筋疲力盡的模樣，就猜到一定有什麼事，但都假裝沒發現，昌浩很感激他們的用心。

正準備回家時，遇見了同樣要離開陰陽寮的敏次。

「昌浩，要回家了嗎？辛苦了……」

敏次隨口問候著，正要與昌浩擦身而過時，停下了腳步。今天是他第一次碰到昌浩。

他仔細看著昌浩的臉，皺起眉頭說：

「昌浩，你的臉色很難看呢！」

昌浩擠出笑容，但只能勉強乾笑。他知道自己睡眠不足，臉色蒼白，任誰看了都會覺得他的身體狀況不佳。

「是不是身體又要出狀況了？每到這個季節，你就很容易病倒。」

去年入秋時，他都沒來工作。他知道敏次說的是那段時間，百口莫辯地低下了頭。

「對不起……」

「健康管理也是工作之一，要好好治療，以免惡化。」

「是。」

昌浩邊點頭，邊把手繞到背後，抓住坐在肩上的小怪的尾巴，正要站起來叉開雙腿罵人的小怪一時失去了平衡。

「放開我，昌浩，我要給這個無能的冒牌陰陽師一拳！」

昌浩不理張牙舞爪大吼的小怪，呼地吁了口氣。沒想到睡眠不足會使呼吸變得這麼急促，不刻意調節的話，很可能會缺氧。

忽然，昌浩靈機一動，抬起頭說：

「敏次，可以請教你一件事嗎？」

「什麼事？」
正要跨出步伐的敏次停下來問他。
「我正在找很重要的東西，可是不知道在哪裡，非常困擾。我記得你很擅長找東西之類的事……」
「我不知道算不算擅長……」
不管怎麼說，他是很擅長看相，占卜的技術遠在昌浩之上。
敏次凝視臉色很不好的昌浩，端詳著他的模樣，接著皺起眉頭說：
「昌浩……」
「是。」
「你應該知道東西在哪裡，只是忘了吧？」
「啊?!」
昌浩不由得叫出聲來，在他肩上的小怪也瞪大了眼睛。
「你說什麼？」
敏次應該聽不見小怪的聲音，但他還是補充說：
「你應該是忽略了什麼小細節……譬如說，沒注意到就放在腰間，遍尋不著之類的，這就是我從你臉上看到的。」

昌浩在記憶中拚命搜尋，口中唸唸有詞。
「小細節……小細節……？」
——風愈吹愈強，天狗出現。
——作了夢，直覺告訴他那是天狗的孩子。
——守護者颯峰找上他，宣示總領大天狗將毀滅京城，期限就是今晚。
——今晚是新月。沒有月亮的夜空，劃過無數的流星。
——流星就是天狗。
——什麼都不知道的京城居民，不知道在風中肆意翱翔的天狗之怒，作夢也想不到將遭到猛烈暴風的襲擊。
看著昌浩抓頭挖耳苦思不已的模樣，敏次覺得不對勁。
「昌浩，發生什麼事了？」
「啊……沒什麼，只是今晚再找不到的話就會挨罵，所以不知道怎麼辦才好……」
昌浩握緊拳頭，克制自己，他怕表現得太緊張，敏次會更懷疑。
聽說會挨罵，敏次好像想到了什麼。
這個首席陰陽生苦笑起來，拍拍昌浩的肩膀說：
「你是不是沒說一聲，就拿走了晴明的什麼道具？」

昌浩矇混地笑笑，心想就當作是這樣吧！

「逼不得已時，就老老實實地道歉吧？晴明大人應該會原諒你的，我想他對主動認錯道歉的人，不會不通情理地責罵。」

敏次才說完，立刻又搖搖頭說：

「不好意思，這種事不用我說，你應該比我清楚。」

再怎麼說，昌浩都是晴明的親孫子。

昌浩瞇起了眼睛，心想沒錯，祖父確實是這樣的人。

「敏次，你很了解我祖父呢！」

敏次靦腆地垂下眼睛說：

「沒有啦……都是聽行成大人說的。我想既然以陰陽師為目標，就要多聽聽當代第一大陰陽師的事。」

敏次老纏著行成問晴明的事，所以行成跟他說過不少關於安倍晴明的軼事，或自己親身見過、聽過的事。敏次可以在行元服禮後成為首席陰陽生，都要感謝行成對他的關照。

「昌浩，你知道嗎？行成大人的公子也非常傾慕晴明大人。昨天公子拜託我說，晴明大人有治療傷勢的法術，希望我帶他去。我說晴明大人目前不在京城，他纏著我說一定要現在去……」

壓抑焦慮耐心聽著敏次說話的昌浩，忽然有當頭棒喝的感覺。

剛才敏次說了什麼？

他覺得喉嚨乾渴，吞了吞口水，硬擠出聲音問：

「你剛才說什麼？」

「咦？」

「你說我祖父有什麼法術？」

敏次拚命眨眼，回想著自己剛說過的話。

「呃……是治療傷勢的法術，因為雛鳥的傷勢一直不見好轉，公子很心痛。」

星星最先墜落的地方是行成家。

那裡有隻受傷的雛鳥。

昌浩想起天狗為了避人耳目，白天會變成烏鴉。

還有，異教法術正分分秒秒地侵蝕著疾風。

颯峰說過，壞死現象會從翅膀開始擴散，不久後翅膀就會脫落。

「……這就對了。」

昌浩的眼睛亮了起來，坐在肩上的小怪也閃爍著夕陽的眼睛。

昌浩抓住敏次的雙手說：

「謝謝！」

「啊？」

「對我來說，你的占卜僅次於我爺爺！」

「你應該要說祖父。」

對著馬上糾正自己正確且較禮貌說法的前輩陰陽師，昌浩滿臉愉快地點頭。

「是，對不起！謝謝你！」昌浩抓著敏次的手上下揮動，深深一鞠躬說：「那麼，我先告辭了！」

敏次愣愣地看著昌浩啪躂啪躂地跑走。

「昌浩不會有事吧……」

他想昌浩的個性拘謹，會不會是被逼到走投無路了？

不知道自己有沒有幫上一點忙。

「既然說了謝謝，應該是想到了什麼吧？」

希望真是這樣，敏次邊想，邊走回陰陽部，準備收拾東西回家。

在暴風中努力往前走的昌浩轉過頭對小怪說：

「小怪，我直接去行成家，你去把天狗們都帶到京城外。」

「你說什麼？」

風轟隆隆地吹來，打在身上很痛。

處處可見屋頂被掀開、樹木枝椏被無情地折斷。聽說市井小民們居住的地方，建築物接二連三倒塌，狀況慘不忍睹。

「為了預防更大的災害，必須讓風停止。」

昌浩仰頭朝天，看到西半邊已經泛紅的天空中有無數的白色線條，那些全都是天狗的軌跡。

小怪邊緊抓著昌浩的肩膀，強撐著不讓風吹走，邊扯開嗓門說：

「喂，慢著！你是要我把天狗都引出去，別再讓它們進京城嗎？」

昌浩拍手說：

「不愧是小怪，一說就懂！」

「還好啦……不對！你知不知道你在說根本不可能的事?!」

「不，你一定做得到，小怪！」

「你有什麼根據?!」

「你要展現十二神將中最強的力量啊！輸給區區天狗，會使爺爺的式神之名蒙羞！」

「這算什麼根據！」

「還有，千萬不能傷害天狗！」

「喂，等等——！」

兩人並不是在吵架，只是風太強了，不這樣吼叫對方就聽不見。

昌浩猛然抓住抗議的小怪，從頭頂甩出去。

「拜託你啦——！」

乘風而去的小怪畫出了大大的弧形軌跡，飛得遠遠的。

昌浩舉起手擋風，讚歎地目送它遠去。

「原來不是風將也能飛呢……」

不過，現在可不是想這種事的時候。

昌浩轉過身，迎著暴風走向行成家。

神將勾陣在安倍家的昌浩房間裡，與嵬周旋。

嵬從一大早就氣嘟嘟的。它終於知道把自己撞飛的混帳就是天狗，聽說是祭祀國津神的一族。

「我是值得驕傲的天津神道反大神的眷族啊！我要嚴重抗議天狗族的無禮行為！我現在就直接去找天狗族總領談判！」

「別這樣，你現在出去，被風一吹就吹走了。」

「我有翅膀，會輸給那種風嗎?!把門打開！」

拗不過嵬的猛攻，勾陣打開了門。

飛出去的嵬，又被風吹回來，重重撞上了牆壁，軟綿綿地癱在地上。

跟著它吹進來的風，把整理過的房間又吹得亂七八糟。

勾陣搖頭嘆息。

得在昌浩回來前整理好才行。

正要撿起掉落的書時，她聽見了同袍的呼喚。

《……勾陣……啊……》

她眨了眨眼睛。

是受昌浩委託，從空中搜尋疾風下落的白虎。

風將的風可以傳遞聲音，但是除了風將以外，其他神將只能單向接收。

勾陣走出門外，頂著暴風側耳傾聽。因為除了白虎的風，還有狂亂的天狗妖氣，所以聽不太清楚。

她瞇起眼睛，把手貼放在耳朵旁，所有意識都集中在耳朵上，才勉勉強強捕捉到微弱的聲音。

《……騰蛇……西北……》

秀麗的臉龐浮現嚴峻的神色。

「你說騰蛇怎麼樣了？」

聽不見更多其他的訊息了。

她嘆口氣，往西北方前進。

在狂吹的暴風中，白虎解放了所有的通天力量，以免被吹走。

這麼強勁的風，連十二神將都可能被吹走。

不知道自己的風是不是順利傳送給同袍了。

正在想這件事時，襲來了威力更強的龍捲風。

沒看見天狗們的身影，不過可以確定它們把神將當成了敵人。

昌浩說自己不是異教法師，只有颯峰看起來像是聽進去了，可是很難說它相信多少。

它們還找不到總領的獨生子疾風，憤怒與憎恨都高漲到極點，說不定連它們自己提出來的期限都無法遵守。

白虎吸口氣，往冒著騰蛇神氣的西北方飛去。

紅蓮叉開雙腳，穩穩地站在京城郊外西北方的桂川河岸，從那裡可以遙望愛宕山。迸射出來的神氣沒有任何壓抑。

不甘不願的臉上，浮現可怕的神情。

發直的雙眼瞪著京城方向。此時，神將勾陣翩然降落在他身旁。

他默默地瞥了勾陣一眼。勾陣困惑地問：

「騰蛇，你在做什麼？」

「我是引誘天狗的餌。」

「餌……？」

「會來。」

當餌的人釋放出這麼兇猛恐怖的神氣，天狗真的會來嗎？

不知從哪兒來的自信，紅蓮這麼斷定。

「為什麼這麼肯定？」

「被它們口中的區區使魔挑釁，那些看起來自尊心高、同伴意識又強烈的鳥兒們，怎麼可能視若無睹？如果它們不來，我就去把它們拖出來。」

從頭到尾都說得尖酸刻薄，可見「異教法師的使魔」這樣的污蔑，深深傷害了紅蓮的自尊心。

勾陣想道，如果她當時也在場，恐怕也會很激動。
神將們共同的地雷，就是侮辱他們的主人安倍晴明。
這時，全身纏繞著風的風將白虎也來了。
「勾陣，太好了，妳有聽見我的傳話。」
「只勉強聽到騰蛇的名字和西北兩個字，其他就靠直覺了。」
不過，從京城西邊郊外迸射出的神氣強烈得刺骨，只要沿著這股神氣走，就可以輕易到達這裡。
紅蓮還是滿臉嚴肅，告訴同袍們：
「安倍晴明的孫子有令。」
勾陣與白虎互看一眼，心想會是什麼事呢？兩人都有非常不好的預感。
沒錯，舉例來說，就像主人安倍晴明一派輕鬆、語氣爽朗，要把天大的難題推給他們時那種暴風雨前的寧靜。
「把天狗們都誘出京城，不要再讓它們進入。」
「什麼——？」
白虎難以置信地反問。紅蓮沒理他，又接著說：
「而且，絕對不可以傷害天狗。」

身經百戰的兩名神將都啞然無言。

沉默地望著京城上空。

飛來飛去的星星、數不清的亮光，全都是愛宕山的天狗。飛得高的看起來像流星，飛得低的看起來像火球，非常靠近地面。

它們的叫聲愈來愈像怨恨的嘶吼。

還來。

還來。

還來。

還來。

還來——！

相隔了整整三次深呼吸的時間，白虎才嚴肅地開口說：

「可以再確認一次嗎？」

「要確認幾次都行，反正結果都不會改變。」

「不要說這種話打擊我的希望。」

紅蓮的眼神更可怕了，連說話的聲音都更像咆哮了。

「你以為我想那麼說嗎？那個半吊子，只有說話時的欠缺思考一點都不輸給晴明。」

白虎搖頭嘆息，勾陣仰天長嘆。這一帶離京城有段距離，狂飆的風卻還是展現出驚人的威力。

而且，不停地從西北方吹過來。

勾陣感覺到一股寒意，轉過頭往後看。

坡度徐緩的山脈深處，聳立著天狗們居住的愛宕山。

天狗們平靜地生活在那裡，幾乎沒有出過山，是打破祥和的異教法師讓妖魔們的憤怒熊熊燃燒了起來。

從風裡飄蕩的妖力之中，傳來正要出陣的大天狗之怒。

——異教法師啊！

——愚蠢的異教法師啊！

——你將面對我的憤怒。

——帶走我孩子的異教法師。

——我會把可怕的異教法術，全都奉還給你。

——再把你，和生下你的人類，全部殺光。

——異教法師啊！你們人類所尊崇的京城……

——將因為你們惡毒的愚行而化為灰燼！

像詛咒般的兇猛嘶吼。

那股淒厲，讓比大天狗活過更長歲月的十二神將們也啞然失言。

「怎麼辦？騰蛇。」

這樣下去，大天狗一出陣，就會對京城揮下憤怒的狂風之劍。颳起的龍捲風，恐怕會狂暴到挖起所有的東西。

勾陣緊張地注視著紅蓮。白虎探測風的流動，傾注全力監控大天狗的動向。

「老實說……」紅蓮沉默了一會，接著淡淡地說：「總領的孩子被異教法術折磨，翅膀就快脫落不能飛，或天狗陷入半瘋狂狀態，要把京城徹底摧毀，都不干我的事。」

勾陣一隻手按住額頭。

白虎操縱著神氣，不讓風吹向愛宕或京城。

「拜託你，騰蛇，這種時候不要說攪局的話。」

萬綠叢中一點紅的鬥將誠懇地請求。最強的兇將冷冷地說：

「說冠冕堂皇的話又能怎麼樣？你們其實也是同樣想法吧？」

「就算是，也不能對天狗的憤怒火上加油啊！」

「不要故意說這種刺激性的話。」

勾陣與白虎裝模作樣地訓誡紅蓮，卻完全不否定他說的話。

「不過，若把它們惹火了，恣意行兇肆虐，晴明的房子就會被破壞，安倍家族的親人也會遭殃，絕不能讓這種事發生。」

「的確是。」

「嗯。」

勾陣與白虎理所當然似的應和。

他們的價值標準，無論如何都是以安倍晴明為優先。

紅蓮放下環抱的雙臂，仰望天空說：

「白虎，把那些天狗吹到這裡來，再築起風牆，不要放它們進京城。」

白虎百般無奈地嘆口氣說：

「很困難……不過，我做就是了。」

風將白虎說得很肯定，不是「試試看」之類的話，而是絕對會辦到。

壯碩的身軀被風包圍著，瞬間就飛上了天。

「勾，妳要不擇手段地留住被白虎趕來這裡的天狗，但是……」

「絕對不能傷害它們，對吧？我知道了。」

勾陣拔出兩把筆架叉，將刀身反過來，打算用刀柄應戰，不用劍刃。

白虎的風遠遠凌駕天狗的風，無數的火球向這裡飛過來。那些是被紅蓮的鬥氣煽動，直直往這裡來的天狗們。

龐大的神氣從勾陣全身迸發出來。

紅蓮背對那樣的神氣，將視線轉向了愛宕山。

好像看到無形的翅膀幢幢搖曳，那就是愛宕大天狗釋放出來的妖力的幻影。

十二神將還沒見過它，但知道它叫「颶嵐」，是擁有狂風之名的大天狗。

對方當然也聽說過十二神將。

紅蓮集中灼熱的鬥氣，做出鮮紅的劍。

這時，有人從背後叫他。

「騰蛇。」

「幹嘛？」

紅蓮頭也不回地說：

「真要做嗎？」

金色雙眸閃爍了一下。

「那傢伙說要做，就只能做吧？」

勾陣平靜地笑笑。

「說得也是……」

背對背的兩名鬥將，分別瞪著各自的目標。

昌浩交代過。

把天狗們統統趕出京城，但絕對不能傷害它們。

對十二神將來說，主人的命令要絕對遵從。

他們的主人安倍晴明不在，但是，晴明指定昌浩為繼承人。

既然是主人的繼承人下的命令，無論如何都要完成，因為當他們從中看到與晴明相同的意志時，這個命令的分量就等同於主人的命令。

他們認定安倍晴明為主人，遵從他的意志。

對他們來說，這是絕對的約定。

11

在走向藤原行成家的昌浩身旁，有一隻烏鴉飛落下來。

一眨眼就變了模樣的颯峰，看到昌浩急迫的表情，訝異地問：

「你要去哪裡？」

「去星星最先墜落的地方，疾風可能在那裡。」

這番出乎意料的話，讓颯峰倒抽了一口氣。

「你說什麼？」

接著颯峰很快又搖搖頭說：

「不可能，那是我最先找的地方。星星墜落的釣殿，連線索都找不到。」

「所以才要去找啊！」

不大聲吼叫的話，聲音就會被風掩蓋。

「你只在釣殿附近找，所以找不到。跟我來就是了！」

昌浩的氣勢十足，但是逆風行走的速度慢得跟走路一樣。

「可、可惡……！」

颯峰從背後抱住拚命想往前跑的昌浩，騰空飛起。

「唔哇！」

「你帶路！」

颯峰的翅膀乘風滑翔，速度比昌浩全速奔跑快多了。

昌浩的心情很複雜，但很快就振作起來，指著前方說：

「在那裡！」

猛禽般的翅膀拍著風，天狗破風而去。

太陽就快完全下山了。

雛鳥躺在鋪滿鳥籠的棉絮上，公子站在鳥籠前不肯離開。奶媽點燃了燈台，在他身旁悄悄蹲下來。

「公子。」

聽到溫柔的叫喚，淚眼汪汪的大眼睛直直看著奶媽。

「鏑木，小鳥快死了。」

「……」

奶媽鏑木不知道該說什麼，默然無語。

◇ ◇ ◇

某天半夜，小男孩被很大的聲音給吵醒，就是在那時，他發現了黑色翅膀的雛鳥。

主屋對面點燃了篝火，人聲嘈雜。小男孩第一次遇到這種事，戰戰兢兢地走出對屋，觀察周遭狀況。

響起有什麼東西掉落的聲音。會是什麼呢？好奇的小男孩，看到外廊下好像有什麼東西在動。

他在黑暗中一動也不動地凝視著，想看清楚是什麼東西，這時，雜役浩大正好經過那裡。

「公子，你怎麼了？」

小男孩默默指著地上。

浩大把手上的火把靠近地面，幫他照亮。

沒多久後，就發現草叢後面有個黑色物體。

「那裡有東西……」

聽到指示，浩大彎下身子查看，當發現是什麼時，他張大了眼睛。

「是雛鳥……咦，好像受傷了。」

雛鳥很小，只有浩大的手掌大小。

「要怎麼處理？傷勢好像很嚴重呢……」

言外之意就是可能快死了。小男孩聽出了浩大話中的意思，淚眼婆娑地猛搖著頭。

這時候，鏑木聽見喧噪聲而跑了過來。

「公子，你沒事吧……怎麼了？」

聽浩大說完後，鏑木蹲下來，配合小男孩的視線高度說：

「公子，雛鳥的傷勢很嚴重，你能照顧牠嗎？」

雖然才三歲，年紀還很小，但是他已經取代幾年前過世的長子，成為右大弁藤原行成的繼承人了。

鏑木心想這是絕佳的機會，可以教會他生命的重要性。

聽鏑木那麼問，小男孩緊閉著嘴巴，點點頭。

他雙手接過浩大手裡的雛鳥，抱在胸前。

小小的黑色雛鳥緊閉著眼睛，呼吸微弱，左邊翅膀有些奇怪的變形，鏑木說可能是掉下來時骨折了。

他把木片貼放在折斷的翅膀上，再將紙捻成條狀，綁住木片。怕綁得太緊，還重綁

了好幾次。

擔心雛鳥著涼，他還準備了現在這個季節還用不到的溫石。可是，聽說太熱對傷勢也不好，他就試著把溫石放在棉絮下面。

關於雛鳥的食物，他問過很多雜役和侍女後，請他們準備用熱水泡過的小米，還叫他們把樹枝前端削平，用來舀小米。可是當他把小米送到雛鳥嘴邊，雛鳥還是不吃。

用泡過水的棉花滋潤鳥嘴時，雛鳥稍微動了一下。

「牠喝了！」

雛鳥終於有了反應，可是之後就幾乎不動了，連叫也不叫，只是躺著。是傷勢太重了嗎？還是傷口會疼痛？或是虛弱到連叫都叫不出來了？

見雛鳥叫也不叫，小男孩抽抽噎噎地哭了起來。

怎麼辦？怎麼辦？

這樣下去會死掉。

發現牠時，牠還活著。在奶媽的協助下，小男孩拚命照顧牠，不知道接下來該怎麼做了。

這時候，敏次聽見哭聲，走過來看看。

小男孩還不太了解陰陽師是什麼，但是，有幾次聽侍女們說過陰陽師「安倍晴明」

這個名字。

他曾經問過那是誰，侍女們這麼回答：

——他是當代第一大陰陽師，能治癒任何疾病。

對了，陰陽師說不定可以治好雛鳥。

小男孩充滿希望地拜託敏次，可是敏次為難地說：

——我的火候還不夠，不會使用那種法術。

不管小男孩怎麼懇求，敏次都只能搖頭，頻頻道歉。他說：「我能力有限，非常對不起。」語氣非常嚴肅但誠摯。

小男孩想起一個人。

就是侍女們說過的人，名叫安倍晴明的陰陽師，這個人一定做得到。

他激動地告訴敏次，可是敏次顯得更為難了。

——晴明大人目前不在京城。

但是晴明大人應該救得了雛鳥吧？小男孩這麼追問。

敏次猶豫了一下才回答。

——晴明大人應該可以……不過……

敏次看著雛鳥，沒有再說下去。

雛鳥虛弱到這種程度，恐怕連晴明也救不活了。
不過，他沒有說出來。
因為小男孩抱著很大的希望。
因為小男孩眼看著就要哭出來了。

每當他哭泣時；每當他坐在鳥籠前，眼淚大顆大顆地掉下來時——
雛鳥就會稍微張開眼睛，抬頭看著他。
烏黑的眼珠子閃爍著光芒，彷彿在說牠還想活下去。
小男孩的肩膀因此顫抖起來。
對不起。
對不起。
我救不了你，對不起。
你這麼痛苦，我卻不能為你做什麼，對不起。
雛鳥就在半昏沉中，聽著這些溫柔的道歉言靈。
不、不。

你已經盡心盡力了。
我的疼痛、我的痛苦，絕不是因為傷口。
我不能動、不能叫，都不是因為傷口。
你不必道歉，這都不是你的錯。
小男孩的眼淚，啪噠啪噠地落在雛鳥的翅膀上。
啊，多麼溫暖的雨滴。
連在愛宕山，躺在父親懷裡看到的美麗雨滴，都遠不如小男孩流下來的淚珠美麗。
然後，雛鳥的耳朵漸漸聽不見小男孩的聲音了。
就在那座充滿神氣的聖山深處。
就在霪雨終於停止，為可以盡情展開翅膀飛翔而雀躍不已時。
左邊的翅膀突然一陣疼痛，怎麼也飛不起來了。
這是異教法術！它聽見有人這麼大叫。
在山的聖域中，可以延緩法術的惡化，卻怎麼樣都無法解除。
已經連抬起眼皮的力氣都沒有的雛鳥，在夢與現實之間昏沉地搖擺著。
——孩子啊！
最喜歡的父親的聲音變得好遙遠，聽起來模模糊糊。

——對不起。

我辜負了大家的期望。

——我的翅膀就快脫落了。

脫落後，就再也飛不起來了。

最難過的是，那麼疼愛我的族人們不知道會多麼哀傷悲嘆。

可怕的異教法術，慢慢侵蝕著我的身軀。

——父親，一次就好……

我想再飛上那片天空。

◇　◇　◇

意識恍惚地閉著眼睛的雛鳥，感覺到十分懷念的暖意。

啊，好溫暖，我知道這雙手。

「……公子……」

雛鳥使出最後的力氣，緩緩抬起沉重的眼皮。

看到哭得唏哩嘩啦的少年。
雛鳥努力張開了嘴巴。
「……颯……峰……」
它叫出颯峰的名字。
那是從它出生以來，就陪在它身邊的保護者的名字。
啊，太奇怪了，颯峰，你怎麼摘下了面具呢？你不是常說，天狗不可以露出真面目嗎？
所以，你只會在沒有其他人時摘下面具，叫我不要說出去。
疾風還沒辦法長時間維持原貌，颯峰總是抱著這樣的它飛翔。
夜晚的天空光亮璀璨，像灑滿了銀色珠粒。它一直期盼著，哪天也能像那些星星一樣，拖曳著長長的光亮軌跡，在天空飛翔。
「疾風公子……疾風公子、疾風公子！」
颯峰猛搖著頭，不斷重複叫喊著，好像只會說這幾個字。
太奇怪了，颯峰，你比我大很多，你不是常說男人不可以哭嗎？
抽抽噎噎的颯峰用力地擦著眼睛說：
「疾風公子，我們回愛宕吧！總領大人不知道有多心痛呢！」

颯峰聲淚俱下地說完後，就戴上面具，站了起來。
被交到颯峰手上的疾風，看到旁邊有個陌生的少年。
這是誰呢？不是天狗，他沒有戴面具，穿的衣服也不一樣。
但是，疾風已經沒有力氣想這些事了。
這幾天來的痛苦終於緩和了，翅膀的疼痛也減輕了。更開心的是，終於可以開口說話了，這比什麼都開心。
颯峰看到疾風重重垂下頭的樣子，慘叫起來。
「疾風公子！」
昌浩把手舉到雛鳥上方探測。
「放心，它只是睡著了。」
昌浩使出所有知識，總算壓住了雛鳥身上的異教法術。
但沒辦法解除，必須盡快趕回可以延緩異教法術惡化的聖域。
昌浩趕到行成家後，拜託熟識的雜役浩大替他通報公子的奶媽。
聽說安倍晴明的孫子來訪，鏑木大吃一驚。她告訴公子，公子立刻催她快點帶昌浩進來，自己半跑步地衝到對屋。

雛鳥已經虛弱到幾乎無藥可救了。但是，昌浩看得出來。是異教法術捆住了靈魂，所以生命之火正逐漸減弱，只要除去異教法術，還是有復元的可能性。

公子哭著求昌浩救救雛鳥，昌浩點頭答應。

說不定有救它的辦法，昌浩問可不可以帶牠走？

但是公子哭著說不可以，不可以帶牠走，要求昌浩當場幫牠治療，而且哭得淚如雨下，讓奶媽和昌浩都很困擾。

這樣下去，雛鳥會有生命危險。

這時候，響起了烏鴉叫聲。

原來是等在外面的颯峰變成了烏鴉，停在高欄上。

公子注視著烏鴉。烏鴉又像訴說著什麼般，鳴叫起來。

頑強抗拒的公子，不知道為什麼答應放走雛鳥了。

只是他一次又一次地交代，一定要把牠救活，然後淚流滿面地送走昌浩。

颯峰只是變成烏鴉的模樣鳴叫，並沒有發出人類可以理解的語言。

然而，小男孩聽出天狗的鳴叫聲有多麼悲痛。

顯然是在懇求他交還雛鳥。

疾風在千鈞一髮之際撿回了生命，但是狀況危急，刻不容緩。

「要快點把它送回愛宕！」

昌浩抓住著急的颯峰，指著西北方說：

「把我送到那裡！」

「我哪有那種時間！」

颯峰在面具下怒吼，昌浩抓住它的前襟，怒吼聲也不輸給它。

「你只要中途把我丟下去就行了！我要去阻止天狗們！」

昌浩的雙眸氣焰薰天。

「不快去通報的話，大天狗會出來啊！我已經幫你找到了，你要遵守約定！」

說得沒錯。颯峰咬住下唇，把疾風揣進懷裡，粗暴地抱起昌浩。

「別摔下去了！」

「你不要把我摔下去！」

化成火球的天狗，直直飛向了西北方。

神將白虎築起的風牆遭到天狗們瘋狂攻擊。

快被衝破時，白虎就用風把它們吹走，傾注全力防止它們再靠近京城。
忽然，他察覺後面有天狗的妖氣逼近。
「還有?!」
現在所有神力都灌注在前方，假使背後遭到攻擊，會馬上潰敗。
「可惡！」
白虎不由得回頭看，被天狗吊起來的少年映入眼簾。
「白虎！打開風牆！」
轉眼已經衝到跟前的天狗與昌浩，穿過了瞬間打開的風牆。
白虎冒出一身冷汗。
「饒了我吧……」
剛才只要稍微慢一點，後果就會不堪設想。
白虎搖搖頭，長吁一口氣，把胸中的氣全吐光了。

神氣爆裂，塵土飛揚。
天狗的刀刃在風中橫掃，衝破塵土。
勾陣用刀柄把它們擋回去，在險象環生中閃開無數的武器。

她的手臂、肩膀和背上有好幾道鮮紅的傷痕，把衣服都染黑了。
連擦汗的手背都滲出鮮血，她不由得長嘆一聲，然後調整呼吸，儘可能不讓神氣失控。
若稍不留神，就可能把天狗們打得倒地不起。而且，儘管有在克制，還是好幾次差點殺了它們。
紅蓮正在背後與大天狗對抗，勾陣不禁想起他頭上的金箍。
這種時候，有那種金箍也許不錯。不過，她並不希望平時神氣也被那種東西壓抑住。
數不清的天狗自天而降，勾陣深深吸口氣。
酷烈的神氣迸發，把天狗們彈飛出去。
目睹這一幕的颯峰，倒抽了一口氣。
「同伴們……！」
昌浩很肯定地對臉色發白的颯峰說：
「放心吧，它們都活著。」
「你怎麼知道！」
昌浩看著爆裂的神氣與妖氣的漩渦，眨眨眼睛說：
「我交代過不准傷害它們，紅蓮他們絕對不會抗命。」
看到他平靜中的堅定，颯峰無言以對。

勾陣正獨自對抗無數的天狗。昌浩定睛凝視，看著築起風牆保護京城的白虎，與一手攬下了所有天狗的勾陣。

那麼，號稱十二神將中最強的鬥將在哪裡？在做什麼？

昌浩移動視線，看到離勾陣稍遠、靠近愛宕山的地方，有股淒厲的鬥氣狂流。

兩股強大的力量相互撞擊，捲起了巨大漩渦，一邊是灼熱的鬥氣，另一邊竟然是愛宕山的大天狗。

颯峰臉色驟變。

「總領大人……颶嵐大人……正要揮下狂風之劍。」

太遲了！颯峰搖搖頭。

愛宕大天狗颶嵐的憤怒已到達頂點。

心愛的妻子留下來的遺孤，是大天狗僅有的孩子、血脈相連的家人，卻被異教法師奪走，使大天狗成了憤怒的化身。

而且，總領的憤怒還傳給了所有族人，天狗們全都像熊熊燃燒的烈火，激動得渾然忘我。

颯峰邊全力飛翔，邊大叫：

「同伴們！疾風公子沒事，它在這裡！」

但是，天狗的妖力與神將的通天力量引發劇烈的轟鳴聲，蓋過了颯峰的聲音。

「怎麼辦？不趕快回到愛宕山的話，疾風公子就會有生命危險……！」

被悲痛叫嚷的颯峰吊在半空中的昌浩，絞盡腦汁苦思著。

這樣下去會陷入困境。必須在瞬間停止戰亂，否則天狗們會暴衝。

神將們只能防禦，也撐不了多久。

怎麼辦？該怎麼做才好？

「如果是爺爺，這種時候會怎麼做……」

被譽為大陰陽師的安倍晴明的老練模樣閃過昌浩腦海，他覺得祖父要是在京城的話，早就把事情解決了，不會鬧到這麼嚴重。

「爺爺就是爺爺，絕對不會像我這樣，花這麼多的時間，還把事情搞到難以收拾。」

在這種狀況下，昌浩還能深切感受到自己的不足。

他才剛重新宣誓過，要當個儘可能不傷害任何人、也不犧牲任何人的最頂尖陰陽師，他可不想這麼快就打破自己的誓言。

一面低喃、一面思考的昌浩，靈光乍現。

勾陣說的話突然閃過腦海。

——我有點氣昏了頭。這種時候，最好的辦法就是給對方當頭棒喝。

「沒錯……」

昌浩的眼睛亮了起來。

12

昌浩忽然對吊著自己的颯峰說了出乎意料的話。

「颯峰，帶我到那邊正中央附近。」

昌浩指的是勾陣與紅蓮中間一帶，稍微空出來的地方。

「你在那附近把我丟下去，然後你們全速離開。」

「咦？」

「照我的話去做就是了。」

儘管有些猶豫，但一心只想救疾風的颯峰還是照他的話滑翔。

昌浩吸口氣，猛然放開了颯峰的臂膀。

「昌浩?!」

颯峰的身影逐漸遠去。

「拜託你了，白虎。」

昌浩在口中唸誦咒語，結起手印。

「電灼光華——」

氣得沖昏頭時，最好的辦法就是……

「急急如律令——！」

神咒轟隆作響。

雷劍從萬里無雲的天空中擊落。

昌浩傾注全力召喚的雷神，帶著有史以來最強大的威力，刺進了地面。

閃電的同時雷聲大作，貫刺入耳。

大地震動，夜晚的黑暗瞬間被閃電的光芒染成了銀白色。

被突發狀態彈飛出去又摔落地面的天狗們，茫然地站了起來。

勾陣也被背後突然擊落的雷神嚇到，愣愣地回頭往後看。

正與大天狗對峙的紅蓮也驚訝地停止了動作。

雷擊的餘威消失，恢復了夜晚的黑暗。鬥氣與妖氣也被轟散，飄蕩著靜寂。

正往愛宕山飛去的颯峰猛眨著眼睛搜尋。

「昌浩呢……？」

他應該是跟雷擊同時落地的，然而不管颯峰怎麼仔細看，都看不到他。

「昌浩……」

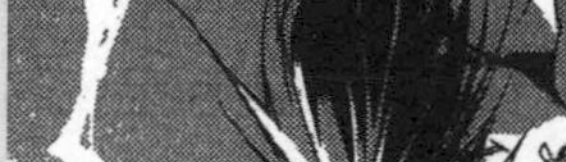

斷言絕不傷害任何人的陰陽師果然遵守諾言，在沒有流血的狀態下制止了天狗。

可是假使他本人，也就是昌浩因此犧牲的話，不就沒有意義了？

「昌浩、昌浩！昌浩……！」

颯峰的叫聲在寂靜的黑夜蒼涼地回響。

疾風奮力從肩膀劇烈顫抖的颯峰懷裡鑽出來。

「颯峰……你怎麼了……」

「疾風公子！那個人類……那個昌浩……」

颯峰說不下去了，抬頭看著它的疾風緩緩轉動了鳥嘴。

「你說的人類……是那個嗎？」

「咦？」

颯峰驚愕地抬起頭。

就在疾風的鳥嘴所指的地方，昌浩被神將白虎抓住一隻腳倒吊著，已經昏過去了。

在啞然失言的颯峰注視下，白虎降落地面，在那裡等著他的有遍體鱗傷的勾陣，以及傷勢不輸給勾陣的紅蓮。

看到倒吊的昌浩，紅蓮一副拿他沒轍的樣子說：

「實在太荒唐了……」

旁邊的勾陣苦笑著把武器插回腰間說：

「總之，天狗都沒有受傷。」

＊　＊　＊

非季節性的狂風，與擊落的閃電同時平息了。

那之後已經過了四天，天文部還為了查清楚原因，每天研究到很晚。

從那天晚上起，昌浩就不太好意思經過天文部。

身為天文博士的父親好像有什麼話想說，但什麼也沒講，只是默默地下令進行研究。

假借整理書籍的名義窩在書庫裡的昌浩，聽到二哥這麼說，就在書庫裡跪下來，誠心誠意地向父親說對不起。

跟隨昌浩的小怪，當時的傷已經大致復元了，像往常一樣地坐在昌浩肩上。

「喲，這本書應該對你有幫助吧？」

「我看看。」

昌浩攤開了小怪從上面架子拿給他的咒術書。

愛宕山大天狗颶嵐的兒子疾風身上的異教法術，還沒有解除。

待在深山裡的聖域，可以延緩法術的進展，但這樣下去，總有一天會死。

那天晚上，昌浩與颶嵐談判，他說他會竭盡全力協助天狗們查出異教法師的行蹤與法術的解除方法，請天狗們先回愛宕山。雙方達成了協議。

「嗯……寮裡果然都是正派書籍……」

昌浩愁眉苦臉地嘆息。

「那還用說嗎？不得已時，還是去問晴明吧？」

小怪甩甩耳朵。昌浩的表情變得很難看，但是沉思一會後，還是點頭說：

「……必要時我會問問看。」

真是太難得了，小怪不禁張大了眼睛。

看到夕陽色的眼睛張得那麼大，昌浩瞇起眼睛說：

「我一個人煩惱沒關係，可是，救不了疾風就沒意義了。」

「說得也是。」

的確是如此。

「而且，」昌浩望著窗外說：「我答應過行成家的小公子，不能食言。」

輕搖著白色尾巴的小怪只是淡然一笑。

「好，整理完了。」

昌浩把亂掉的書籍按冊數排好後，走出了書庫。

剛好響起工作結束的鐘聲。

「哦，結束了、結束了。」

昌浩開心地瞇起眼睛時，聽見背後有人叫他。

「啊，昌浩。」

「是！」

回頭一看，敏次正從渡殿前端跑過來。

小怪立刻反射性地鎖起了眉頭。

「幹嘛，想找碴嗎？還是……」

直立在昌浩肩上的小怪舉起兩隻前腳備戰。有時昌浩很佩服它，這樣站著居然不會掉下來。

「什麼事？」

昌浩偏頭問，敏次遞給他一個包裹。

「這是你借我的《論衡》，真的很感謝。」

「啊，敏次，你看得好快。」

昌浩驚訝地接過包裹。專書的內容大多很深奧，要花很多時間去理解。

敏次手上還有另一樣東西，是薄薄的線裝書。

「還有，這是謝禮，希望你能收下。」

「咦?!」

受寵若驚的昌浩猛搖著頭說：

「不，不行，我不能收，我啥也沒做啊！」

「不、不，因為你的關係，我看到了找很久的書，這都要感謝你。對了，不要說啥也沒做，要說什麼也沒做。」

敏次的聽力真的很好，不管任何時候，都不會漏聽言語上的失誤，並及時給予訂正。

兩人推推讓讓地客套一番後，最後昌浩還是拗不過敏次。

不好意思地收下後，昌浩發現封面上什麼都沒寫，是本全新的書。

「請問，這是……？」

見昌浩滿臉疑惑，敏次先說「希望不會讓你不愉快」，然後才接著講：

「前幾天，我們不是談到寫字的事嗎？」

昌浩花了一些時間才想起來。

「啊……沒錯，你說你一天寫十張練習。」

自己也想過一天寫五張，卻因為天狗事件而忘得一乾二淨了。

真糟糕，還有回函要寫呢！

啊，可是……想到自己寫的字，昌浩的心就往下沉。這時候，突然聽到敏次聲音開朗地說起了令他意想不到的事。

「是這樣的，不久前我去行成大人府上拜訪，談起了雛鳥的事。」

「哦。」

「小公子聽說雛鳥的傷勢已經治癒，漸漸好起來了，非常開心。行成大人說想謝謝你，我就拜託他說，那可不可以麻煩他寫幾首《萬葉集》的和歌給你，他就欣然答應了。」

剎那間，昌浩還懷疑自己的耳朵。

「……咦？」

《萬葉集》。

不對，這不是重點。

重點是，那是行成的字跡。

「咦……？咦……？咦咦?!」

昌浩驚訝得差點把書掉在地上，他急忙翻開封面，裡面用漂亮的字跡寫著好幾首昌浩也很熟悉的有名和歌。

感動得不知道該說什麼的昌浩，呆若木雞地盯著字。

「昌浩？昌浩，你還好吧？」

敏次擔心地在昌浩眼前揮揮手，昌浩才赫然回神。

「啊！啊，我沒事，沒事！呃，真的太謝謝你了……！」

昌浩緊緊抱住行成的書，感慨萬千。

敏次鬆口氣，放鬆緊繃的肩膀。

「太好了，那我先走了。」

敏次舉手道別，接著轉身快步離去。

昌浩交互看著敏次的背影與手上的書，感動得說不出話來。

回家後，他要用這本書當範本練習寫字，然後盡快寫回函。

小怪站在滿腦子想著這些事的昌浩肩上，幽幽然地說：

「當務之急，就是用這本書當範本，趕快練出可以抬頭挺胸見人的字。」

「我知道。」

「那就加油啦！晴明的孫子。」

昌浩用力把它從肩膀拍下去，他很久沒這樣做了。

「不要叫我孫子，你這隻怪物！」

緊接著，也是很久沒聽過的怒吼聲，在初冬的黃昏響徹天際。

後記

「哦，這完全就是小怪眼睛的夕陽顏色！」

前幾天在網上晃蕩時，看到了這麼一片鮮紅的天空。

好久不見了，大家好，近來過得如何？我是結城光流。

在大家的殷殷期盼下，《少年陰陽師》揭開了全新篇章的序幕。

首先，來看例行的人氣排行榜。

第一名，安倍昌浩。

第二名，紅蓮。

第三名，六合。

接下來依序是怪物小怪、玄武、勾陣、齋、冥官、風音、成親、太陰、岦齋、年輕晴明、青龍、朱雀、比古、太裳、結城。

哎呀……六合太棒了。相較之下，之前排第三名的勾陣，可能因為沒什麼機會露臉，所以跌了好幾名。這一集是不是可以挽回頹勢呢？讓我們拭目以待。

齋的票數在最後關頭大為成長，可見結尾的種種情節影響了不少人。還有一個人跟齋同票數，那就是冥官。他如果出來太多次，鋒芒大有可能蓋過昌浩，所以有編輯緊急喊卡的幕後花絮。然而，他本人好像虎視眈眈地等待著機會，總覺得一不小心他就會冒出來，好危險、好危險。

齋和比古分別是不同篇章的配角，卻都受到了大家的喜愛，所以，說不定會在某種情況下再出現，到時候就請大家多多捧場囉！

再來聊聊最前面提到的「小怪的眼睛」。

那是透明清澈的紅，紅得像融入了熊熊燃燒的鮮紅天空。

這幾年我也都沒機會看到，睽違多年後再看到的鮮紅夕陽，讓我感動不已。

不但看得渾然忘我，還寫在網路的日記上，再貼上連結，讓大家都看得到那張夕陽照片。而且第一次嘗試開放留言，結果回響非常熱烈（平常都設定為無法留言，所以現在也不能留言哦）。

大半的留言都是說沒見過這樣的夕陽，讓我大感意外。聽說是因為與小怪眼睛同顏色的夕陽十分稀少，所以很難遇得到。

跟封面上的小怪眼睛一樣真的很紅的天空，是永遠看不厭的顏色。

爺爺說過，會出現那樣的天空「是因為太陽很溫柔」，我深深覺得，這麼說的爺爺真的酷呆了。

那之後，還看到了六合眼睛的天空，真是大飽眼福。

而且，因為小怪的眼睛，我收到了來自讀者的訊息，終於與我一直在尋找的紅茶重逢了。紅茶的名稱是Whittard（英國茶葉品牌）的Afternoon Earl Grey，以前的名稱是「Lady Grey」，不知道什麼時候改名了。我不小心忘了更改後的名稱，就再也找不著了！就在快放棄時，出現了契機！（力推）

我立刻向英國訂了貨。現在不用去英國也買得到，網路實在太棒了。文明利器萬歲！太棒了！

現在，我正邊寫後記，邊喝著。味道真好，太幸福了，我好愛這紅茶。

一天大概喝到一千西西吧，一袋很快就喝光了。但是沒關係，還可以透過國外網路購買。人有喜歡的東西，是種幸福。結城的執筆生涯全靠大家支持，真的很感謝。

類似的內容，我已經寫在日記裡了，但是因為太高興，又忍不住寫在後記裡，可見有多開心。

因為「小怪眼睛的天空」這件事，讀者的信如光速般飛來。基本上，日記都只是在有空的時候，寫些無關緊要的日常生活，所以能收到相關回應，我很開心。

收到信真的很高興，閱讀時我都十分感恩。

我本身也絕不討厭寫信，可是字寫得跟昌浩一樣難看……所以不太敢提筆寫信，還要跟昌浩一起加油。

寫信時，我會多下點工夫，選擇有季節性圖案的信封、信紙，或是放入小香袋。

很多讀者的來信都創意十足，我看到不錯的點子，就會當成範本學習。

譬如：春天的主題是櫻花，夏天是向日葵或大海，秋天是紅葉，冬天則是雪花或企鵝，還有配合陰陽師內容的夕陽或雨景、藍天。這樣把季節放入信中，有點像平安時代的書信往來。另外，郵票也很多樣化，沒想到有這麼多種紀念郵票。我自己也都是買紀念郵票，但還是有很多沒看過的郵票，讓我看得目不暇給。

還有，最近才發現，普通信函的八十圓郵票已經不是綠色了。

什麼時候改的啊……！我會不會脫離社會太久了？

去年的進度排得超滿，今年本想放慢腳步，卻……（已經是過去式）

「啊，妳終於發現了？」（By責任編輯H部）

當然會發現啊！

夏天時儘可能什麼都不做，所以夏天之外都滿滿滿。

為什麼呢？因為有《曉之誓約》。

去年五月二十六日發行了第一集，請大家也多多關照。

還替漫畫的全新短篇集寫了全新的故事，所以在寫這本書之前，全都在忙「誓約」。結果剛開始寫陰陽師時，還有點調適不過來呢！好像還沒有完全從「誓約」跳脫出來，寫得非常不順。

漫畫單行本上通常會放作者近照，不過《曉之誓約》放的卻是漫畫家松尾的肖像畫。但是，只是一般的肖像畫不好玩，所以我跟松尾都是畫成「鳥」的模樣。

我們的目標是「劍與魔法的凱爾特動作科幻作品」，但責任編輯S川說：

「鳥一隻接一隻冒出來，這是鳥漫畫嗎?!」

當然不是鳥漫畫。

是拿著劍的騎士與借用精靈力量的祭司，成為「一對劍與盾」，迎戰邪惡的故事。

我手上有很多的內容設定畫和粗略的底稿畫，都畫得十分細膩，讓人佩服，連只有大約設定的部分都描繪出來了，幫了我不少忙。

庫爾與賽伊的衣服、小飾物等，也都有完整的設定，所以，我希望以後可以在某些情節上把這些都描述出來。

陰陽師也是一樣，當我腦海中的想像因為視覺化而變得更為具體時，那樣的過程都

會讓我非常興奮。

漫畫單行本一本的份量已經製作完畢，從第二本開始就要正式寫小說了。對我來說，寫小說比只寫情節大綱輕鬆多了。

就在我開始寫小說的同時，眼睛閃閃發亮的《Beans》責任編輯H部來找我了。

H：「結城，誓約好像已經寫得很順了哦？」

光：「是啊，故事人物會自己動起來，所以內容愈來愈豐富了。」

H：「很好、很好。」

光：「很好很好？」

H：「那麼，下一次的《The Beans》……」

敬、敬請期待？

初春時去伊勢的朋友家玩，順便參拜了伊勢神宮。

在外宮正好看到神宮飼養的神馬，覺得自己實在太幸運了。

在內宮，我為「玉依篇」的順利結束，向神明致謝（不管是天照大御神或天御中主神，只要有神出現，基本上就該來打聲招呼）。

之後，在朋友的熱心招待下，又去了伊勢的「一宮」椿大神社。

椿大神社的主祭神是猿田彥大神。

我沒有跟朋友提起過任何關於陰陽師新書的內容，所以，我覺得這簡直就是老天爺的刻意安排。

因為這樣，在故事開始前，我也正式參拜了猿田彥大神，非常感恩。

猿田彥大神說不定不久後也會出場哦！

這次只有看到名字的大天狗，下一集應該也會正式出場。其他天狗也會更加活躍，應該會……

換個話題，《少年陰陽師》的讀者有很多小學生，我也收到不少他們的來信。很多人說《少年陰陽師》是他們人生中的第一本小說，我覺得很開心。

不過，陰陽師畢竟是平安時代的故事，所以漢字特別多，讀起來會有點辛苦吧？

為了解決這個問題，有非常棒的消息要告訴大家。

以小學生為對象創立的角川Tsubasa文庫，將重新出版《異邦的妖影》。

聽說大約是在秋季。會把漢字改成假名，或稍微改變表現方式，讓文章看起來更加容易。到目前為止，閱讀者大多是小學高年級學生，在角川Tsubasa文庫出版後，中年級與低年級也可以看得懂，一想到這樣我就雀躍萬分。而且，聽說ASAGI老師的插畫也會更加精采哦！

今後，除了Beans文庫外，也請密切注意Tsubasa文庫的訊息哦！

《少年陰陽師》新單元的開始，大家覺得如何呢？

我是回想起初期時的心境，在滿滿的懷念中寫得很開心。最好玩的是，描寫天狗時會浮現烏鴉與冥官的身影。

請大家務必來信告訴我感想，並期待大家對人氣排行榜的投票。

希望可以在下一次的《The Beans》、《曉之誓約》或《少年陰陽師》的文庫版再見囉！

結城光流

國家圖書館出版品預行編目資料

少年陰陽師.貳拾柒.狂風之劍 / 結城光流著；涂愫芸譯. -- 初版. -- 臺北市：皇冠, 2012. 3[民101].
面; 公分. --(皇冠叢書; 第4198種)(少年陰陽師; 27)
譯自：少年陰陽師27 嵐の剣を吹き降ろせ
ISBN 978-957-33-2882-7(平裝)

861.57　　101002343

皇冠叢書第4198種
少年陰陽師 27

少年陰陽師——
狂風之劍

少年陰陽師27
嵐の剣を吹き降ろせ

作　　者—結城光流
譯　　者—涂愫芸
發 行 人—平雲
出版發行—皇冠文化出版有限公司
台北市敦化北路120巷50號
電話◎02-27168888
郵撥帳號◎15261516號
皇冠出版社(香港)有限公司
香港上環文咸東街50號寶恒商業中心
23樓2301-3室
電話◎2529-1778　傳真◎2527-0904
責任主編—莊靜君
責任編輯—丁慧瑋
美術設計—王瓊瑤
著作完成日期—2009年
初版一刷日期—2012年3月

法律顧問—王惠光律師

讀者服務傳真專線◎02-27150507
電腦編號◎501027
ISBN◎978-957-33-2882-7
Printed in Taiwan
本書特價◎新台幣199元/港幣67元